시안황금알 시인선 22

# 한숨짓는 버릇

## 이승욱 시집

시안황금알시인선 22

# 한숨짓는 버릇

초판인쇄일 | 2008년 08월 13일
초판발행일 | 2008년 08월 25일

지은이 | 이승욱
편집인 | 오탁번
펴낸곳 | 도서출판 황금알
펴낸이 | 金永馥

주  간 | 김영탁
편집실장 | 조경숙
표지디자인 | 칼라박스
주  소 | 110-510 서울시 종로구 동숭동 201-14 청기와빌라2차 104호
물류센타(직송·반품) | 100-272 서울시 중구 필동2가 124-6 1F
전  화 | 02)2275-9171
팩  스 | 02)2275-9172
이메일 | tibet21@hanmail.net
홈페이지 | http://goldegg21.com
출판등록 | 2003년 03월 26일(제10-2610호)

ⓒ2008 이승욱 & Gold Egg Pulishing Company Printed in Korea

값 7,000원

ISBN 978-89-91601-54-3-03810

시안황금알 시인선 22

# 한숨짓는 버릇

이승욱 시집

황금알

평생 혼자 산 것 같다.
무주고혼無主孤魂이라는 말을 기억한다.
그러나 혼자가 된 나를 버리고 싶은 것이 평생 내 소원이었다.
미안하다, 내 인생과 나 사이 긴 불화의 날들
세상에 진 빚은 늘고, 어쩔 수 없이 이렇게 살고만 것이.
숙명적으로 우울증에 걸린 사람, 그런 가련한 사람의
다채색 정신병리학적인 얼룩이 내 시가 되고만 것이.

그러나 얼마나 다행이랴!
혹 누군가 이 처연한 얼룩들을, 순정하고 황홀한
꽃무늬의 아롱거림으로 바꿀 수 있다면,
운명적으로 혼자인 무성한 밤하늘의 별들이
애틋한 그리움으로 서로를 손짓하듯이
혼자가 혼자끼리 공명할 수 있다면 ……
        *
이 세상을 뭐라고 할까?
이 세상을 뭐라고 한들, 만지면 사라지는
황당한 신기루들의 영지領地일 뿐인 것을
……………………………
개피마다 끝이 있는 담배를 사랑했는데,
난 그 담배의 끝까지 가보지 못했다.
통마다 바닥이 있는 술을 사랑했는데,
그 술의 바닥까지 가보지 못했다.
끝장을 볼 수 있었다면 얼마나 좋았겠느냐?
누가 심심해서 꽂아놓은 말뚝일 뿐,
세상에는 종말의 표지가 없었다.

미안하다, 사랑이란 말 적어놓고 사랑을 못했다.
사랑이라 사랑이라 자꾸 적어만 놓고 ……

2008년 7월
빈촌貧村의 명아주 풀 그늘 아래서
이승욱 쓰다

# 차 례

## 1부
제 몸을 벗습니다

누룩꽃 · 12

정든 포도나무 · 13

가을유감 · 14

고향생각 · 15

제 몸을 벗습니다 · 16

지상의 집 · 18

전 지금 노랑 꽃비 속에 …… · 19

밭 한 뙈기 샀는데 · 21

백일홍 꽃 편지 · 22

묵언수행 · 23

집 한 채 또 있네 · 24

불쌍한 테라피의 여자 · 25

아버지 하느님 · 27

## 2부

길디 긴 울혈鬱血의 날들에 부르는 노래

한숨짓는 버릇 · 30

일기예보 · 31

저녁 종 · 33

무주고혼無主孤魂 · 34

그리고 또 넌, 안 그러니? · 36

가을 편지 · 38

혼자 흔들리는 나무 · 39

사랑 같은 것의 추억 · 40

묵은 가을노래 · 42

옛날 옛날 그 비둘기 집들 · 44

눈물나는 집 · 46

# 3부

■ 시인의 얼굴과 육필 · 48

# 4부

담배 필 무렵과 꽃이 필 무렵

담배 필 무렵 · 52

향수병 · 54

저녁휴식 · 55

하이델베르크의 눈물 · 56

흰 밤의 꿈 · 57

죽은 가을 · 58

옛이야기 · 60

그날 부서진 물 속의 건반들 · 61

그 집 앞에서 · 63

숯검정 하나님 · 64

술에 대한 기억 · 65

단골술집에 대한 감상문 · 67

심술궂은 세상 · 69

혼자 사는 왕들의 시들한 궁전 · 71

싸구려 시집 이야기 · 72

푸른 여름의 우리집 · 75

아름다운 청춘 · 76

## 5부

취한 봄을 데리고 놀다

목련의 집 · 80

오는 봄 · 81

강 언저리 갈대숲 · 82

꽃사과나무를 옮기는 날에 · 84

은석사 팽나무 보살 · 86

마당의 이쁜 봄꽃나무 · 87

자꾸 웃는 여자 · 88

산책하는 강 · 89

벚꽃축제 · 91

질긴 세상 봄술 · 92

아침산책 · 93

밥이 더 맛있는 나라 · 94

마법의 봄 · 97

돈냄새 봄냄새 · 99

황금사과나무 · 101

시인이 아닌 시인 · 103

가엾은 환자 · 104

■ 시인의 꿈과 길 | 시작노트 · 연보 · 108

# 1부

제 몸을 벗습니다

# 누룩꽃

누가 그러는데
누룩꽃이 잘 피면 술맛이 좋단다
곰팡이도 참 갸륵한 곰팡이가 있었구나!
갑자기 술이 고프다

## 정든 포도나무

엉성한 포도가
서른 개쯤 달린 길가의 포도나무,
"저 포도 언제 다 따먹지유?"
자전거 타고 지나가는 허수레한 객이 농弄한다
"하루에 한 알씩 따먹으면 한 달쯤은 먹지유!"
포도나무 옆 평상에 걸터앉은 내가 대답한다
물음과 답이 한 가지로 공허한 사이
엉성하게 씩– 웃으며 지나가는 바람결이 시원하다
포도나무도 막 서른 개쯤의 잎을 뒤집어
오래된 농담처럼 슬그머니 웃는다

# 가을유감

삼가 고인의 명복을 비는 분들이 많습니다
창 밖에는 광대무변 허공의 빈소를 들락날락
분주한 문상의 단풍객₄들도 많습니다
어딜 가든 공적한 구멍 길 잘 디뎌 가소서
살벌한 바람고개 그쳤던 곡소리 또 시작입니다

# 고향생각

테니스 치다, 풀밭에 공 줏으러 가서
풀 속에 가난한 메뚜기 한 마리 놀라서 뛰는 것을 보고
고향생각 한다 고향 가고 싶다 고향은 문득 저렇게
놀라서 풀쩍 내 눈앞을 뛰는 거다!

金家야, 李家야, 南家야, 河家야 ……
우리 저녁엔 옹기종기 한 마을로 모여서

간판 없는 고향식당 밥맛이 좋다

# 제 몸을 벗습니다

날마다

제 몸을 벗습니다

잠들기 전에

눈을 벗고

귀를 벗고

코를 벗고

입을 벗고

.............

입었던 것을 꺼풀꺼풀 남김없이 다 벗습니다

벗고 입는 일이 즐겁습니다

바야흐로 봄나무들이 새 옷을 입고 있습니다

당신이 도와주시지 않아도 이제는 혼자 잘 합니다

# 지상의 집

아들 둘, 개
한 마리
푸른 대추나무가 삽니다

물론 아내가 살고
저도 살지만요 ……

채송화 한 떨기 고운 불꽃심지 같이
긴 날의 빈 뜰을 태우는 여름,
더러 맑은 하늘의 창이 열리면서
누군가 지상의 우리 집을
가만히 내려다 볼 때가 있습니다

그런 때는 우리도 모두 하늘을 올려봅니다

그런 때는 하늘의 그 집이 땅에 내려와 있고
땅의 우리 집이 하늘에 올라가 있습니다

# 전 지금 노랑 꽃비 속에 ……

안녕하세요
안녕히 가세요

뒷산 숨은
산수유 꽃이 한 달째 벙글고, 떨어지며

저 봄 산이 큼지막이 돌아올 때 안녕하세요
저 봄 산이 또 나지막이 떠나갈 때 안녕히 가세요
하는 것을 ……

전 지금 추적추적 떨어지는 노랑 꽃비 속에
노랗게 물들며 서 있을 뿐이랍니다

그렇게 오랜 날들 사랑과 이별에 설레며
하느님께서는 아주 많은 물감을 갖고 계시다는 것을 알
뿐,
이 다음엔 또 제가 무슨 색으로 물들지는 전 차마 모른답
니다

그러므로

이 봄을 시새우고 오신 살뜰한 이여,
그대도 이제 그만 안녕히 가세요

그대와 나눈 지난 밤 꿈자리는 실로
절정을 향해 노랗게 부풀었던 물감 꽃자리 같았습니다

# 밭 한 뙈기 샀는데

밭 한 뙈기 샀는데
밭둑에 캐캐묵은 살구나무 한 그루 서 있었다

그런데 그 살구나무 유월 어느 날
노랗게 익은 살구를 나 주워 먹으라고
밭둑 아래로 툭— 집어 던졌다
한 번 던진 다음에 재미를 냈는지
툭— 던지고, 툭—툭— 거푸 집어 던졌다

툭— , 그 소리 누가 지른 것인가

그때 쉴 틈 없이 뒤통수치던 소리 따라서
내 살구 푸대에 넘치게 쌓였던 노오란 웃음들

싱글싱글 그 웃음, 누가 웃던 것인가

# 백일홍 꽃 편지
– 송규현 님께

그 여름, 당신 백일홍 한 포기 빌리고 값을 길이 없습니다
그날 대문간의 꽃에 취한 이방의 불청객에게
당신은 꽃보다 차를 먼저 대접했지요
"어서 오세요 ……"그 첫 인연의
백일홍 꽃 빚을 값을 길이 없습니다
그 후로 때 없이 당신께 빚지고 살았습니다
그러나 영원히 이 빚을 지고 살면 좋을 듯
빚이 이렇게 아름다울 수 있다는 것도
당신으로 하여 저는 처음으로 깨달았습니다
"안녕히 주무세요!" 오늘도 무량법계
연화장 경계에 달님은 잠들어,
무량꽃빛이 만개한 밤입니다

# 묵언수행

그 절간 같은 집에 밥 먹으러 갔더니
푸른 행운목이 나보다 먼저 창가에 앉았네
건강한 나무가 큰 화분에 담겨서
그 동안 이 집 주인장께서 주신 밥이 참 맛있었노라
햇볕 장삼을 걸치고 묵언수행默言修行 중이네

가만히 화답하며 밥 기다리는 일이 즐겁네

# 집 한 채 또 있네

이 바람 어디서 불었을까?

오늘 남몰래 바람 들어
평생 바람이 좋았던 사람이 만든 바람
평생 물이 좋았던 사람이 만든 물
평생 노을이 좋았던 사람이 만든
감자빛 노을과 놀다

그 노을 감자밭의 감자를 또 한참 캐다

너 어디 갔었니?

묻는 사람도 없는 집으로 돌아온다네

내게 언제 집이 있었나?

평생 집이 좋았던 사람의
집 한 채 또 있네

# 불쌍한 테라피의 여자
– 하이델베르크와 네카강가의 날들

거기 불쌍한 나무 한 그루가 살고 있었다
제 것이 아닌 검은 눈, 팔 다리와 몸을 달고
병든 그 나무는 수요일마다 테라피Therapie엘 갔다
봄을 보내면 금세 원치 않는 겨울이 왔고, 가끔
흰 눈을 뒤집어 쓴 그 나무를 나는
인적 뜸한 황량한 산의 숲길에서도 만났는데

"매일 이렇게 사람인 것이 너무 싫어요!"

사람의 의사를 찾는 병든 나무 한 그루가 거기 있었다

캄캄한 숲속에서처럼 촛불이 가물거리는 어느 날 밤
그 나무의 불 꺼진 방에서는 바하의 가느다란 선율 같은
나무 실뿌리들의 뒤엉킨 울음소리가 너무 잘 들렸다

별들이 초롱초롱 숲의 열매처럼 달리는
당신 나라에 가봤으면 참 좋겠어요
사람이 나무로 살기 힘든 것처럼
나무가 사람으로 살기가 너무 힘들어요

사람의 눈, 코, 심장과 피부를 가진 나무 ……
쭈글쭈글 목탄냄새 나는 죽은 사랑의 나무 ……

# 아버지 하느님
– 가난의 가족사

세상에는 그의 말씀을 담아줄 종이가 부족하고
불쌍한 아버지는 늘 하늘에 대고 편지를 썼습니다

아버지가 없으면 하늘도 없을 것처럼
아버지가 없으면 하늘도 없을 것처럼

아버지가 쓰시는 하늘의 편지지는 찢겨지지 않고
그 편지는 땅 위에 쌓이지도 않았습니다
그리고 날마다 서쪽 하늘의 구름은 그날 하루치의
아버지의 편지를 소각하며 발갛게 타올랐습니다

아버지가 없으면 발갛게 해가 지는 날도 없을 것처럼
아버지가 없으면 발갛게 해가 지는 날도 없을 것처럼

얼마나 절절한 사랑의 이름들에 일생이 붙들렸던지
지상에서는 편지밖에 쓸 줄 몰랐던 우리 아버지,
아버지가 죽자, 그의 육신도 그의 편지지처럼 발갛게 소
각되었고
그 순결한 육신은 또 보랏빛 성운聖雲이 되어 하늘로 올라

갔습니다

그리하여 아멘!

그 날 이후로 비로소 하늘에 계신 우리 아버지,
발갛게 해가 지는 아버지 하늘에는 지금도
부스럭거리는 당신의 편지지 소리뿐입니다

그리고 그 소리 끝에 저희는 더 비참해집니다

# 2부

길디 긴 울혈鬱血의 날들에 부르는 노래

# 한숨짓는 버릇

푸우–

내게 한숨짓는 버릇이 있다
푸우– 내게 한숨짓는 버릇이 있는 것은
채울 길 없는 너무 넓은 영토를 가졌기 때문이다
푸우– 푸우– 긴 한숨 내쉴 때마다
내 허파꽈리, 포도 알들은 불길처럼 일렁이고
끝도 없이 푹푹 패이는 광활한 땅이 보인다

저 땅에다 포도나무를 옮겨 심을까?
내 포도나무는 넝쿨넝쿨 저 땅을 덮어 즐거울까?

내 입엔 자꾸, 너무 슬픈
단맛이 돈다

# 일기예보

오늘은 많은 사람들이 집을 버리겠습니다

항구에 정박한 빈 배 같은 공복의 날 위에 앉아서
옴짝도 않는 배를 이리 밀고, 저리 밀어보다가
그냥 갑판 위에 죽치고 앉아 부우—
뱃고동이 되어 먼 바다로 흐려지는 사람들이 많겠습니다
그런가하면 망망한 햇살의 바다 같은 운동장 한쪽에 앉
아서
아예 운동을 포기한 채, 들고 온 라켓에 반짝반짝
금박을 입히는 사람들이 많겠습니다

세상의 쓰레기통 속에서야 물론 금붙이들 뿐이겠지요

또 어떤 부지런한 양봉가의 집에서는
몇 날 며칠 공들여 통속에 붙들어 놓은 야생의 벌떼들이
왕— 감당할 수 없는 비명이 되어 터져버리기도 하겠습니다
그렇다한들 오늘의 일들은 절대비밀일 것을,
공허한 주인은 소용도 없는 한숨만 짓고 웃을 것을,

아무튼 그 많은 세상의 거짓말들을 믿든 말든

오늘은 절대로 비가 내리지 않는다고, 쾌청의 하늘 깊숙
이서

소주를 까는 얼굴 없는 사람들이 늘어날 거라고

이른 아침의 일기예보는 제게 누누이 타일렀습니다

# 저녁 종
– 하이델베르크와 네카강가의 날들

긴 낮을 버리고
하늘에 우는 종

눈물나는 종
눈물 때문에 소리 나는 종

종소리, 큰데

종을 치는 사람의 손, 보이지 않습니다

당그당– 당그당–

검은 눈물을 지고
먼 길을 돌아온 종

내 몸, 어둠의 종이 혼자 웁니다

다앙– 흰 물 맴이 소용돌이치며
내 영혼의 강물 내 뼈에 사무쳐 웁니다

종이 웁니다

## 무주고혼無主孤魂

넌, 안 그러니?

난 평생 혼자 산 것다
울컥– 거목의 뜰 그림자
뜰 밖으로 지치고
내 유품 같은 탁자 위의
볼펜과 마른 호두알,
필갑과 가위
안경집과 물컵 ……

저것들은 모두
만지기도 전에 벌써 아픈 소리를 낸다

누가 거기 들었니?
누가 거기 들어 우니?
내가 무슨 하늘의 비의秘意를 함부로 훔쳤니?

그 많은 사람을 만난 것이 나를 만난 것고
그 숱한 사물을 만진 것이 나를 만진 것다

어디에도 나를 못 가둡고 이리 저리 떠돈 것이
한 평생 나를 만나러 빙빙 돈 것다

가엾어라 내 얼굴을 내가 바라보고
내 슬픔을 내가 뜯어먹고
내 아편에 내가 취한 것다

넌, 안 그러니?

지금 거뭇거뭇 검은 포장 같은 밤에 싸여
나 꼭 어디로 붙여질 수하물같이

수취불명의 그런 물건같이 ……

# 그리고 또 넌, 안 그러니?

넌, 안 그러니?
돈, 생각 안하니?

난, 돈 생각한다
몇 날 며칠 돈 생각한다

시마다 돈이 있는 그림이 있다
돈으로 그려진 시가 있다
당연한 일일 것을 …… 파릇파릇한
재미있는 신권新券의 돈시가 있다

넌, 안 그러니? 돈으로
감동적인 시인 생각 안하니?

그 시의 이름은 돈시이고
그 시인의 이름은 돈시인이다
한 번 더 말해 봐라 그래도
그 시인의 이름은 돈시인이고
그 시의 이름은 돈시이다

넌, 안 그러니?
난, 시보다 돈이 좋다
난, 시보다 시에 묻은 돈이 좋다

몇 날 며칠 걸어가는 돈시를 보거나
몇 날 며칠 걸어오는 돈사람을 본다

누가 뭐래도 저 시는 돈시이다
누가 뭐래도 저 사람은 돈사람이다

넌, 안 그러니? 난 묻지 않기로 했다
넌, 이미 너도 잘 아는 돈시를 쓰고 있으므로
넌 이제, 함부로 위조가 불가능한 진짜 시인이 되었다

난, 그냥 가만히 눈감아주기로 했다

# 가을 편지

그대 불러보렴,
지나간 삶으로부터는 소식이 없는 것을 ……
오늘도 날 저무는 들판에 홀로 서면
바알간 황혼이 붙들고 가는 기차가 한 대 있다
거기 누가 탔나? 물을 수도 없이
멀리 소리 없이 번져 오르는 가을 냄새 짙고
건초가 널린 들 숲은 참을 수 없이 달다

그대 불러보렴,
지나간 삶으로부터는 소식이 없고
그대 눈시울 뜨거워지는 지평선 저 쪽
지나간 삶이 지나간 삶을 불러
시끄러울 뿐인 것을 ……

# 혼자 흔들리는 나무

흔들리는 나무
혼자 흔들리는 나무

애야, 네 친구는 어디 갔니?

혼자 타오르는 저녁
혼자 검은 집
혼자 넘치는 술잔
혼자 잠든 식탁
혼자 쌓이는 시간
혼자 흐리는 풍경

애들아, 네 친구들은 어디 갔니?
애들아, 네 친구들은 어디 갔니?

네 친구들은 다들 재미있었는데
네 친구들은 다들 재미있었는데

네가 부르면 모두 혼자가 아니었는데

# 사랑 같은 것의 추억

사랑 같은 건 생각도 안했습니다
사랑 같은 건 생각도 안했습니다

참 아름다운 날에는 길 하나와 놀았습니다
참 혼자 아름다운 날에는 길 하나와 놀았습니다

길 하나가 집 앞을 지나가고 또 지나갔습니다
길 하나가 집 앞을 지나가고 또 지나갔습니다

처음부터 없었던 사랑 같은 건 생각도 안했습니다
처음부터 없었던 사랑 같은 건 생각도 안했습니다

답답한 길사람이 지나가고 또 지나갔습니다
답답한 길사람이 지나가고 또 지나갔습니다

무슨 포시라운 사랑타령인가요?

길옆의 꽃나무에는 사랑보다 탐스런
한숨꽃이 폈습니다

길 위의 휴지들에는 사랑보다 신나는
헛바람이 타고 놀았습니다

당신이 말하는 그런 사랑 같은 건 생각도 안했습니다
당신이 말하는 그런 사랑 같은 건 생각도 안했습니다

불운하게도 우리 집이 길가에 놓였을 뿐입니다

당신 집에 대해서는 잘 모릅니다
불운하게도 우리 집이 길가에 놓였을 뿐입니다

길은 날마다 우리집을 돌아가고

그 길 너무 아름다워 눈이 부셔
눈물이 나왔습니다

사랑 같은 건 생각도 안했습니다
처음부터 없었던 사랑 같은 건 생각도 안했습니다

# 묵은 가을노래

(내 몸은 참 텅 빈 데
길렀던 잎 하나 찾을 데 없는 데)

나무들은 하나 둘 묵은 잎을 따낸다
나무들은 하나 둘 묵은 잎을 따낸다

묵은 잎 따는 소리 참 듣기 좋다
묵은 잎 따는 소리 참 듣기 좋다

(그렇지만 어인 일!)

잠깐의 빛나던 음악, 뚝 그치고
귓바퀴 속의 묵은 잎 따는 소리 다시 들리지 않는다

묵은 것은 하마 다 따내지고 말았는가
묵은 것은 하마 다 따내지고 말았는가

고요의 가지 끝끝 새잎 터져 나온다

(외로워진다!)

나무야, 새잎 말고 헌잎 따는 소리 들려주어라
그쳤던 귀 아픈 음악 다시 들려주어라

# 옛날 옛날 그 비둘기 집들

옛날 옛날 내 고향 숫비둘기는
마을 뒤쪽 대나무 숲에서 울었네

"지집 죽고 자식 죽고 나락 농사 피롱하고 ……"*

샛골에서 푸드득
앞 멧등에서 푸드득

옛날 옛날 내 고향 숫비둘기는
우리 집 뒤뜰 가죽나무 위에서도 울었네

"지집 죽고 자식 죽고 나락 농사 피롱하고 ……"

나는 내 고향이 싫어졌네
내 고향 지아비 지어미들이 싫어졌네

집집마다 푸드득
회색 깃털이 싫어졌네

구구구 국국 내 발등을 쪼며 달려드는
털 빠진 비둘기 집들이 싫어졌네

* 옛날 옛날 내 어릴 적에 청승스레 우짖는 숫비둘기 울음소리를 이렇게 비
  절한 가락으로 읊어주신 분은 나를 끔찍이 사랑하고 몇 해 전에 이승을
  떠나신 내 할머니다. 내가 옮겨놓은 "… 나락 농사 피롱하고…"는 '… 벼
  농사 다 망하고 …'의 뜻이다.

# 눈물나는 집

그 집은 늘 눈물 흘렸습니다
내가 아니라 그 집이 눈물 흘렸습니다
그 집은 눈물 흘리고, 나는 그 집에서
눈물 흘리지 못했습니다
그 집이 나를 보고 눈물 흘렸습니다
집아– 부르면 눈물 흘렸습니다
집아– 집아– 부르면 자꾸 눈물 흘렸습니다
그 집 살구나무가 눈물 흘렸습니다
그 집 감나무가 외양간이
정낭이 뒤주가, 뒤주 속의 쥐들이 눈물 흘렸습니다
겨울에 얼어붙은 집의 눈물이
봄에 쭈루룩 벽을 타고 흘러내렸습니다

내가 아니었습니다 안 운다며, 자꾸 운 것은
마르고 젖고 얼고 풀리는 그 집이었습니다

쓸쓸한 누벽漏壁같이 하늘마루에 걸린 집
아아 집아– 부르지 않아도 그 집은

저 먼저 눈물 흘렸습니다

# 3부

■ 시인의 얼굴과 육필

48

## 한숨짓는 버릇

친구-

내게 한숨짓는 버릇이 있다
친구- 내게 한숨짓는 버릇이 있는 것은
채울 길 없는 너무 넓은 영토를 가졌기 때문이다
친구- 친구- 긴 한숨 내쉴 때마다
내 허파가리, 토도 알들은 불꽃처럼 일렁이고
끝도 없이 북북 태이는 광활한 땅이 보인다

저 땅에다 포도나무를 옮겨 심을까?
내 포도나무는 영혼 버릴 저 땅을 덮어 즐거울까?

내 입언 자꾸, 너무 슬픈
단맛이 돈다

49

# 4부

담배 필 무렵과 꽃이 필 무렵

# 담배 필 무렵

길을 가다 문득 생각했다

내 나이 스무 살, 담배 필 무렵과
꽃이 필 무렵은 왜 그리 비슷한 지

그 시절이나 지금이나 참담하기는 마찬가지
어둠 속의 담뱃불은 타오르는 봄꽃처럼 발갛고,
불똥을 날리던 우울한 사내는
픽– 꽁초를 날려서 발로 뭉개 끄고
길 변두리 포장마차 속으로 들어가 벌컥
소주 한 컵을 들이켰다

내 나이 스무 살, 취한 불꽃의 얼굴과
찔빽한 기름을 들이킨 등잔은 왜 그리 비슷한 지

그때 목구멍 속으로 연신 부어지던 기름이
어둠을 사르던 불량한 불꽃의 한 시절을 말했다, 날름거
리고
피직거리고, 다시 우쭐우쭐 쓰러질 듯 타오르며 ……

내 나이 스무 살, 그 무렵의 친구들이여
혼돈한 벌 나비 떼 머리 위에 떠돌고
수정을 끝낸 봄꽃들은 약속처럼
포만한 침묵에 잠겼거늘,

그대들은 지금 어디서 뿔뿔이
그 어지러운 추억의 열매를 씹으며 길을 가고 있는가?

# 향수병

독일 가서 혼자
봄날의 감미로운 풀밭에 누웠을 때
산들바람은 멀리 고향 쪽에서 날아와
제 품에 숨겨온 향수병의 마개를 따서
내 코에 들이대며 마구 흔들었습니다
저는 마구 흔들리며 울고 싶었습니다
물론 상냥한 소시지와 치즈의 풀들이
촉촉한 볼을 들이대며 나를 달랬습니다만
발끝의 강물은 넘실넘실 유창한 독일 말로 흘러가고
강둑의 나무들은 느릿느릿
험상궂은 독일의 그림자를 풀어 어른거렸습니다
안녕하세요, 참 좋은 날이에요!
산책 나온 지빠귀들은 또 함부로
내 주체 못할 향수의 울음을 밟고 지나갔습니다

# 저녁휴식

곱게 퍼지는 황혼처럼
내 일생이 물드는 한 때의
이 저녁 공기는 얼마나 맑고 부드러운가
강바람에 살랑살랑 머리칼 뒤집히며
꿈결인 듯 산책하는 젊은 연인들은
또 얼마나 고요히 기도처럼 정다운가
강변의 샛길로 넘어질 듯 곧추서며
어둠 속에 묻혀 가는 주정뱅이의 술 냄새가
저 세상에서 묻혀온 그윽한 향기 같기도 한 때,
좋은 냄새는 모두 저 세상에만 충만해 있어
그 열린 문 쪽에서 슬그머니
이쪽으로 풍겨오는 때

# 하이델베르크의 눈물


종우, 경이, 은정이, 금회 ……
그날 우리 모국의 식구들끼리
맨자* 커피숍에 둘러앉아 커피 마시는 동안
음대생 해경이가 날이 선 면도칼로
도서관에서 복사해 온 오선지 악보를
원탁 위에 올려놓고 좌악- 그을 때,
잘리는 종이 틈사이로 희끗-
먼 강물이 뱄다네

그날 날 저물어 출렁출렁 나 혼자 먼 강으로 갔는데,

아아 일곱 계단 내려갈 때 한없이 차오르는 저녁 강,
강물이, 왠 못된 강물이 저만 불어 넘쳤다네

그 강물 못 건너고 덜컥, 강가에 주저앉고 말았다네




* 맨자: 독일 대학의 학생식당을 가리키는 말

# 흰 밤의 꿈

풀잎에 쌓이는 눈이 흰 풀잎을 만들어
쌓이는 눈이 자장자장 새 풀잎을 만들어
나, 하얗게 잠들며 꿈꿔요

하릴없이 흰 풀잎이
검은 풀잎을 죽이는 꿈

그래서 하얀 밤이 혼자서 너무 미안한 꿈

# 죽은 가을
– 병든 추억에게

너는 죽었다

너는 죽었으므로 만져지지 않고
너는 죽었으므로 부서지지 않고
너는 죽었으므로 던져지지 않았다

설움이 눈부신 한낮을 돌고
내가 마신 술잔
내가 부순 벽돌
내가 던지고 만 울음

나는 괜스레 죽은 입에 꽁초를 물리고
나는 괜스레 죽은 코에 냄새를 흩고
나는 괜스레 죽은 발에 꽃신을 신겼다

돌아오는 이 없는 가을 언덕의 빈 집
세우고 다시 허무는 내 눈물 속 푸른 집
너를 보기 위하여,
확연히 살아 웃는 너를 보기 위하여

닦아도 자꾸 흐리는 설움의 유리창을
나는 또 괜스레 자꾸 닦았다

걸어도 아무도 없는 길을 나는 걷고
써도 아무도 옮기지 않는 시를 나는 쓰고
읽어도 아무도 듣지 않는 편지를 나 혼자 읽을 때,
내 눈에 내 귀에 내 코에만 넘치는 가을

아아 죽은 가을을 들고 나는
쓰레기통 속에 갖다 버렸다

네가 없고 텅 빈 그 쓰레기통 ……
네가 죽고 죽은 그 가을 ……


* 이 시의 초고는 1975년에 쓰여졌다. 필자의 첫 시집 『늙은 퇴폐』(민음사,
  1993)에서 「바보서시」를 제외하고 맨 앞에 수록된 「하나님」과 더불어 가
  장 오랜 기간 동안 개작을 거듭한 작품이다. 시 「하나님」과 이 작품이 같
  은 시기, 같은 체험이 원형이 되어 쓰여졌다는 사실도 밝힌다.

# 옛이야기
– 하이델베르크와 네카강가의 날들


아들의 머리에 수북이 쌓인
들버찌 꽃잎을 털어주는 아버지와
떨어진 수북한 들버찌 꽃들을 주워서
딸의 손목에 리본을 달아주는 어머니
그리고 그 옆에서 가만히 그걸 지켜보고 있는
착한 검둥이 개 한 마리가 있습니다

그리고 강물은 저 풍경 밖에서 소곤거리고
세월은 늙지 않고 흐르지도 않고
언제까지고 그 봄날의 들버찌 꽃나무는
제 눈부시게 아픈 꽃잎, 꿈의 편린들을
귓가를 윙윙대는 들벌들과 함께
변함없이 한 올 한 올
뜯어 흘리고만 있습니다

# 그날 부서진 물 속의 건반들
– 하이델베르크와 네카강가의 날들

얼마나 오랜 피로에 젖었던가!
내 가방이 나 모르게 잠에 취한 날,
가방을 버려두고 집밖으로 나가,
어떤 늙은 주인 옆의 개가
내 가방처럼 잠든 것을 봤다
주인은 개의 고삐를 쥐고
허물어진 벤치 위에 앉아 있었고,
자꾸 허물어져 가는 벤치 위에
앉은 듯 반듯이 누워 있었고,

 (아하, 그만 꾸벅 잠들어 있었고 ……)

이따금씩 불안하게 눈을 떠,
재울 수 없는 맑은 풍금소리를 내는 강 건너
제 일생이 빚어내는 적막한 그림 같은 먼 풍경을 바라봤다
그 그림 속에 또 가끔 붉은 아편 꽃이 흔들렸다
강가의, 붉은 개양귀비 꽃이 내 혼을 데우는 날이었다
부서진 물 속의 건반들이 자꾸
물 위로 떠오르는 날이었다

아아 재워도 재워도 떠오르는 물 속의 집
검은 건반과 흰 건반들이 가만있지 않는 날이었다

# 그 집 앞에서

사람이 빈 집
검은 창 속에 해바라기
잎 하나 비쳐 있는데
사람이 그립다

잎 하나 꿈틀,
아직 꽃을 달기 전의
사람이 그립다
사람이 그립다

어쩌면
저승을 떠돌다
이승의 이슬 창에 맺힌
아픈 때 같은 얼굴

때 같은 그 얼굴 ……

# 숯검정 하나님

하나님, 이 가을에는
숯이 되는 사람이 많게 하소서
이 가을 어느 길모퉁이를 돌아가도
버려진 사랑이 굽히는 냄새로 가득하오니
이 냄새를 맡으며 새카만 숯검정이 되는 사람은
사랑이 뭔가를 진짜 아는 사람입니다

그러므로 하나님,
이 가을은 아름다운 숯검정으로 남게 하소서
참숯공장에 무럭무럭 연기 나는 일처럼
사람의 일과들이 매일 매일 충만하게 하소서
길다란 제 그림자를 묵주처럼 걸고
숯이 된 묵도默禱의 사람들이 거리에 넘치게 하소서
당신이 아니라면 또 아무도 베풀지 않을 향연일 것을,
이 가을 천지에 파닥거리는 불꽃과 연기와
지울 수 없는 화근내를 저는 사랑합니다

발갛게 타오르는 사랑의 숯불을 들고
겨울의 어둠 속에 드는 일을 저는 또한 사랑합니다

# 술에 대한 기억

그때, 술 취했을 때
누군가와 춤췄다는 기억
모든 것을 잊었다는 기억
행복 중에 가장 싸구려 행복이
가장 눈부셨다는 기억
빙글빙글 돌아간 그 춤의 절정에서
누군가 나를 동그랗게 안았다는 기억
그때 내 모든 지상의 집들이 다
허물어졌다는 기억

푸르고 영롱한 신기루의 물빛을 터뜨리며
졸졸졸 흐르는 강물을 보았다는 기억
희디흰 모래알처럼 부서진 시간들이
오랫동안 내 손에 쥐어졌다는 기억
따뜻하고 고요하고 즐거웠다는 기억
오직 따뜻하고 고요하고
즐거웠다는 기억

그러나 아아 가엾은 그 밤

내 눈물을 불질렀던 한심한 술,
몇 번이고 나는 나에게 용서를 빌었다

# 단골술집에 대한 감상문

어느 술집에나
단골손님 몇은 있다네,

그렇다네
아무리 향기 잃고 태깔 없는 술집에도
개근생처럼 먼저 와서,
오지 않을 무언가를 기다리는
한두 명쯤의 정신 나간 나그네는 있다네

술보다 깊어지는 단골의 슬픔이 자꾸
그를 잡아먹는다네 그렇다네
그 슬픔이 그를 다 잡아먹을 때까지
그는 거기서 기다린다네

아무 것도 오지
않는다는 것을 알면서,
이미 많은 것들이
그 집을 지나쳤다는 것을 알면서
술에다 몸을 담그고, 그렇다네

어쩌자고 술에다 몸을 담그고, 그렇다네

포근한 못이 있는 곳에
이쁜 고기는 있다네

# 심술궂은 세상

안 받았다 해놓고
속속들이 받아 챙긴 세력가의 심술
좀 천천히 달리라 그러면
더 부웅– 내달리는, 불쌍한
팅팅 불은 짜장면 배달부의 심술
샤워기 틀어놓고 한참 산보하다 돌아오길래
목욕탕 물 좀 아껴 씁시다 사정하면
더 세게 꼭지 트는 볼 부은 아줌마의 심술
시험 전에 강의실에 말끔히 회벽 칠 새로 해 놓으면
그 위에 족집게 답안 미리 작성해 놓는 학생의 심술
좀 늦게 피라 그랬더니 꾸역꾸역 일찍 피는 꽃들의 심술
하도 지겨워서 아뜩한 하늘의 성채들
허물 듯 절래절래 흔드는 구름의 심술
그 밖에도 나와 그대들이 다 아는
알고서도 못 뜯어고치는 이 시대의 심술들–
안타깝지만

도저히 인술人術로는 못 고치는 병들이 얼마나 많은가!
의사들은 얼마나 심술쟁이들인가!

그 중에서도 가장 참아내기 힘든 것은
〈이 시대는 바야흐로 무한경쟁 시대라!〉
여기서도 무한 저기서도 무한을
한통속으로 주절대는
앵무새 전도사들의 심술일지니라

# 혼자 사는 왕들의 시들한 궁전

지난 밤 그 환각의 미궁에선
찬연한 요리와 술로 몸을 데우고
나신裸身의 요괴들과 몰아경 춤을 추며
오오 이 왕국은 결코 멸망하지 않으리라
이 지상의 영화를 몸으로 증거하였다

그러나 보라,
나라도 없는 왕국의 가엾은 임금님들,
지난 밤 그대들은 무슨 꿈을 꾸었는고?
무상한 시간의 찰나에 내린 그 애욕의 이슬들,
저 이슬의 날들은 쉬이 증발해버릴 것이며
이 지상은 다시 혼자 사는 왕들의 시들한 궁전이 되리라

짐짓 눈을 들어 사위四圍를 굽어 살필 즈음
허망한 그대들 뜰 귀에
멸망한 왕국의 역사를 되새김질하던
누추한 풀 쪼가리 하나 부복俯伏하고 있다가
휘뜩 꿈결처럼 사라지고 말리라

# 싸구려 시집 이야기

돌이켜 보면
당신도 한 때는 틀림없이 시인이었을 테지요
그런데 저의 그 싸구려 시집은 말입니다
제가 너무 어렵게 구했으므로
함부로 버릴 수는 없었답니다
후회는 늘 늦은 법이고
후회해도 아무 소용없음으로 말입니다
인생 또한 그러함으로요

이제 그 이유를 설명하겠습니다
밤새워 아홉 시간의 야간열차를 타고,
그때 전 신파조의 내 연인을 만나러 먼 길을 달렸습니다
그렇게 사랑하고도 얼굴 한 번 못 본 여자,
그러나 그 여자는 아름다운 이별을 위해 거기 서 있었습
니다
정말 눈부셨습니다 그날, 시월의 은행잎들은
노랗게 주단처럼 떨어져 덮이며 우리를 축복해 주었습
니다
무슨 간절한 말이 떠나는 사랑을 붙들겠어요

우리는 그냥 아무 말 없이
잠깐 함께 한 그 축복의 길을 서로 나누어 가졌습니다
그런데 우리 둘이 이별을 끝낸 그 골목 끄트머리,
(거기가 어딘지는 지금 저는 잘 모르지만요)
폐품가게 같은 싸구려 서점에 전 그만 발이 묶였습니다
진실로 사랑했습니다, 그 볼품없는 책방을
그리고 그 폐품의 서가에서 "참 눈물겹네요!"
시집 한 권을 뽑아들고
단돈 100원을 주고 그걸 샀습니다

책의 옛 주인은 분명 저보다 더 성실한 시인이었습니다
그가 탐독한 시의 여백들에는 그의 주체할 길 없는 감동
이 낙서되어 있고
시집의 끝 빈터에는 그의 자작시도 한 편 정성스레 필사
되어 있었습니다
그 수많은 날들을 사랑에 겨워서
전 그 시집과 그 여백들을 읽고 또 읽었습니다
그러나 그 오랜 감동과 구애에도 불구하고
잃어버린 사랑이 날로 더 싸구려였듯이

그 시집이 싸구려시집이라는 사실만은
날로 제게 더 확연해졌습니다

끝내 한 편의 감동적인 시도 거기 없었습니다
제 모든 사랑의 날들은 허구였습니다
있었다 해도, 만나자마자 이별을 예비하는 일처럼
성급한 독자의 순간의 감동을 없애기 위해 그 시들은 존
재했습니다
아아 그렇게 제 청춘은 가고 제 사랑도 끝났습니다 그 후
로
어떤 죄목으로 붙들려 온 노예 같은 말들만이
고단한 부역에 끌려가듯
길고 짧은 행렬들을 이루어 걸어가고 있었을 뿐입니다
그게 제 가련한 싸구려 시집의 운명이었습니다
떠나간 사랑과 시에 대해 새삼 무슨 말을 할까요
다만 인생 또한 그러하다는 것을 전 지금 말하려 합니다

# 푸른 여름의 우리집

언제부터인가
푸른 여름의 우리집으로
할아버지는 넓적한 잎의 포도나무가 되어 돌아왔고
할머니는 키 큰 해바라기가 되어 돌아왔고
아버지는 설레설레 바람결에 흔들리는
울타리 곁의 뼈가 환한 개암나무가 되어 돌아왔다
그 밖에 장미와 토마토와 옥잠화와
자줏빛 먹물 붓꽃이 나를 불러 정다운 집,

오이와 조롱박과 나팔꽃의 덩굴들도
집의 이 곳 저 곳을 돌며 지금 내 머리를 흔들고 있다

저들은 다 누구인가?

# 아름다운 청춘

이보게들, 청춘을 두고
아름답다는 말 너무 자주 하지 말게
항시 바다가 질척거리는 남쪽의 ○○대학 강의 나갈 때
10분 쉬는 시간에 휴게실에 앉아 줄담배 피우는데
맞은 편 자리에 앉은 늙은 강사 선생님,
"담배 참 맛있지요?" 물었네
"젊었을 땐 나도 그랬는데,
대수술을 두 번이나 받고 나니
담배고 뭐꼬가 절로 끊겨버렸지요"

내 꾸중에 얌전해지는 학생들을 별로 못 보았듯이
그 봄날, 강의실 밖의 피가 뜨거운 넝쿨장미는
끄고 또 무는 내 줄담배처럼 줄꽃을 피워댔던 것을,
오호라 어느새 내가 그 늙고 가련한
강사 선생님 되었네

패가망신한 내 청춘을 그대들은 지금 탄歎하나?
그렇지만, 그 청춘이 가고 지금 무엇이 남았다한들
저 왕성한 봄이 거푸 담배를 부벼 끄고 새로 무는 것 말고

76

오늘 신문엔 무슨 사건이 그리 흥미롭던가!

　그 아슴한 봄날, 요괴의 쓰레기통에서 몽글몽글 피어오
르던
　얌전한 꽁초의 불씨같이, 그 맵고 앵그럽던 바람기같이
　이보게들, 내 청춘은 아름답다기보다
　그저 그렇고 그랬을 뿐이라네
　그렇게 말고는 달리
　어쩔 수 없었다네

# 5부

취한 봄을 데리고 놀다

# 목련의 집

바람이 목련木蓮을 헤쳐 놓고 간 자리는
도둑이 빈집의 세간을 흩어놓고 간 자리 같습니다

바보같이 아무 것도 안 가져갔습니다
바보같이 아무 것도 안 가져가서
무언가를 도로 훔쳐다 놓고만 싶은 자리,
아아 이렇게 빈자리가 제 감옥이 된 도적이여
그대 무엇을 훔치러
이 목련의 집을 흔들었던가?

# 오는 봄

털갈이를 하는 개
고통의 털이 따스했던 겨울,
털을 길러주시고 뽑아주시는 정성스런 손,
손은 보이지 않는데 몇 날 며칠
털 뽑기가 어지러워, 어지러워 이 날들
콧속까지 날아와 코를 간지리는 털들
그러나 어쩝니까?
저 몸의 남은 털을 다 쥐어뜯고서야
봄이 또 오신다니!

# 강 언저리 갈대숲

겨울을 참아낸 갈대숲은
봄에 더 아름답다
영혼을 빼고도
살아남은 저 갸날픈 육체들의
눈물어린 군집群集

무언가
육체로만 남아서도
방패막이가 되어야 할 일들이
저들에게는 있는 것이다

푸르릉 날아오르는 즐거운 물새들의 일가一家
그들은 저기서 따뜻한 보금자릴 틀고
추운 겨울 한 철을 잘 버텼겠지!
그처럼 이 세상 늙은 강가엔
제 영혼을 빼버리고 버티는 목숨들이 너무 많을 지도 몰
라
아예 거추장스런 질긴 영혼의 임재臨在를 거부할는지도
몰라

그것이 있어 불행했던 날들이 너무 많았을지도

봄은 또 와, 힘겨운 영혼의 내림굿을 따라
푸르게 솟아날 저 강 언저리 갈대숲!

## 꽃사과나무를 옮기는 날에

시내를 떠돌다,
우연히 마주친 수목원에서
어린 꽃사과나무 한 그루를 사와
좁은 우리집 뜰 위로 옮기는 날에,
노인들은 대문 밖에서 지난 밤 꿈이야기를 한다
"젠장, 잠이 와야지. 잠이라고 눈꼽만큼 오는 것이
꼭 비몽사몽이야. 잠깐 붙인 눈에
이리저리 죽으라고 쫓겨다니다 깨는 꿈만 꿔.
글씨 말이지, 눈꼽만큼 오는 그 잠결에서나
쥐도 새도 모르게 죽어버리면 얼마나 좋겠어!"
장대 짚은 반신불수의 노인, 매꼬모자 쓰고
키가 훤출한 노인, 눈빛만 말짱말짱
허리 베베 꼬인 노인, 노인 셋이서
우리집 대문 밖 평상에 걸터앉아 그런 이야기한다
그 이야기, 이야기의 묵은 뼈 같은
옮겨 심은 꽃사과나무에 물을 뿌린다
"제발 밤마다 좋은 꿈꾸고 무럭무럭 자라거라
반신불수 장대 짚지도 말고, 매꼬모자 쓰고
맹한 골목 떠돌지도 말고, 눈빛만 말짱말짱

베베 꼬이지도 말거라"
문밖의 노인들은 아직 자리를 뜨지 않고
나 들어라는 듯 제각기, 불길한 꿈이야기
날마다 진통제를 삼켜야 하는 아픈 삶 이야기를 한다
어젯밤은 나도 잠 못 들었던 걸!
하필이면 저 노인들이 왜 내 동업자들이야!
저 놈의 문은 닫아두나 마나,
봄날은 오직 눈물나게 길고
문밖의 이야기는 하릴없이 계속된다
"아옹다옹 자식새끼 키우면 뭘 해,
다 말짱 헛거여, 말짱 헛거라고!"
헛것의 꽃사과가 뽀롱뽀롱 헛 나뭇가지를 가득 채운다
멍한 졸음 위에 떠 번뜩이는 그 붉은 환약丸藥들
나 늙어서 한 알 한 알 삼킬 진통제 같다
통 안 삼키고는 못 배길 그것 같다

# 은석사 팽나무 보살

비실비실 뒤로 넘어질 듯
안 보이는 빛으로만 겨우 버티는 보광전寶光殿,
댓돌 위에 나란히 흰 고무신 한 짝 벗어놓고
기척도 없이 안에만 틀어박힌 주지,
이 절에서 선뜻 저 산 아래서 죄짓고 올라오는
어리고 가엾은 중생들 앞에 나서는 것은
몇 백 년은 묵었음직한 팽나무 한 그루뿐이다
그 팽나무 어진 보살님 만나러
나는 자주 꼭꼭 숨은 은석사銀石寺 찾는다

그 팽나무 보살 자잘한 손에는
은돌이 가득 쥐어져 있어,
무슨 바람이라도 불라치면
다그르

다그르르르 ······

# 마당의 이쁜 봄꽃나무

마당에 이쁜 꽃나무 하나를 모셔놓았다
그걸 나는 내 애인이라 생각했다

에그— 그런데 이 봄꽃나무
나를 보곤 안 피고,
무엇에 기갈 들렸는지
무엇에 섬뜩 홀렸는지
자꾸 안 보이는
저쪽만 쳐다보고 피는 것이 날마다 수상쩍다
날로 멀어지는 요사한 웃음꽃이
이 쪽의 내 기쁨을 저쪽으로 나르고
저쪽으로만 나르고 있어,

애그— 망측한 봄아, 너 빨리 달려가고
와르륵 저 이쁜 꽃들
내 공염불인 듯 허물어져라!
느리고도 빠르게 봄이 왔건만
얼굴도 몸도 날마다 몹쓸 그 애인을 닮는
저 꽃 덩달아 요괴인 걸
내 미처 몰랐어라!

# 자꾸 웃는 여자
– 하이델베르크와 네카강가의 날들


누군가 버린 일요일

사람 없는 길섶 광고판 위의 여자
누군가 그 여자의 살점을 주섬주섬 집어가고 있습니다

아무래도 집어가는 손은 보이지 않는데
하늘에는 엉거주춤 흰 구름손 뿐인데
집혀가는 내 살점을 그 여자가 먼저 보고, 또 보고
자꾸 웃는 듯도 합니다

# 산책하는 강

아주 오래 전
강으로 간 사람을 만나러 간다

갈 때마다
강이 되어 있어서

고작 만나고 온 것이야
물 속의 몇 개의 돌뿐이지만,
게으른 일과처럼 그는 강으로 간다

아주 오래 전의 그 강이 없으면
강으로 간 그의 사람도 사라질 것이고
강 건너 저쪽도 사라질 것이다

번잡한 도심의 카페에서도 그는 강변을 골라 앉는다
잘 생긴 그 여자의 수다를 들을 때도
게으른 산책처럼 그는 비스듬히
강변을 으슬렁거린다

강이 없으면 푹 빠질 수다의 연인도 없고
술맛도 떨어진다는 것을
그는 알기에

간혹 까닭 없이 몸서리치게 우는 강이
아주 먼 그 자리에서 사라져버리겠다고
위협하는 때가 그에겐 가장 두려웠다 그러면
삐꺽이는 사람의 의자에서 그는 가끔 굴러 떨어졌다

제발 용서해다오, 잘못은 모두
아주 멀리 떠나온 내게 있으니!
이 산책이 지겨워 죽고 싶을 때가 있었으니!
그러나 끝내 배반을 모르는 아주 먼 강이 있고
아주 멀리서처럼 게으른 세월도 있고
가슴 속 돌멩이 같은 그 일들과
그 친구들도 있어,

그의 날들도 길을 잃지 않고
흐르는 물결처럼 이어진다

# 벚꽃축제

활짝 핀 벚꽃 길을
한 무리 아이들이 밀려온다
그 뒤를 이어서 또 한 무리가 밀려온다
그만 밀려오너라! 나는 가만있지 못해
그 중의 한 가지를 꼭 부러뜨릴 것만 같다

꽃이 지면 올통볼통
화난 듯 부풀 그 열매들,

버찌를 씹는 때가 그리 달지는 않았던 것을 ……

# 질긴 세상 봄술

물안개 저 쪽은
꽃 피는 피안彼岸,

혼자는 못 건너는
이 막막한 봄 강을 꿈꾸듯 건너자니

뱃전의 젊은 치들은
너무 야단스러워 싫고
늙은 것들은 너무 추근거려 싫다
이도 저도 아닌 내 또래 것들은 또
반신불수라서 싫은데,
그래도 내 오욕汚辱을 데우는
이 뜨거운 봄술은 좋다
아무렴 질긴 목숨을 달래는
위대한 영약靈藥,

이 술엔 꼭 취해야겠구나!

# 아침산책

비둘기 부부가 1층의
'조랑말슈즈' 위, 2층의
'팡팡유흥주점' 대형
간판 위를 오가며
아침산책을 즐기고 있다
간판 옆 나무 상자 속엔 또
가무룩히 기어오르는
봄 풀 ……

바라옵건대, 인간의 집에
세 들어 사는 저 풍요를 좀 보시게나
비둘기 부부에게는 햇볕의 난간 위에 올려놓은
세 명의 어린 식구가 더 있다네 길
양쪽에는 부신 햇살을 목에 걸고
성도의 순례행렬처럼 지나가는
벚꽃나무들도 보인다네
어느 적멸보궁 비밀의 사원에서 익어갈
달디 단 여름의 버찌에 군침을 삼키며
나, 애숭이 구도자도 지금
그 행렬에 섞여 있다네

# 밥이 더 맛있는 나라

가엾어라,

이승에서 오래 산 목련의 꽃가지에
방울방울 흰, 눈물꽃들이 맺혔다

딩당딩당딩당당당 ……
스피커에서 들리는 젊은이들의 노래는
귓가를 스치기만 해도 낡은 상처를 건드린다

옆구리에 책 한아름 끼고, 팔짝팔짝
흰 구름계단을 내려오는
나비 한 마리가 있다

(무겁제?!)

날개 짓만 아플 뿐, 내 머릿속
노랑나비, 흰나비도 침묵으로만 떠돈다

구름다리 오르고, 또 내려가면

밥 먹는 나비들이 웅숭거리는
식당 문이 열려 있다

활짝 문을 열어젖힌 뱃댕이 불거진 앞산에도
식곤증 어수선한 봄들이 꾸벅꾸벅 졸고 있다

(졸립제, 총천연색으로?!)

집어드는 스푼에는 밥이 안 담긴다

목구멍의 포도청에도 드르릉 드르릉
잠에 푹 취한, 늙은 문지기들 뿐이다

(아아 어쩌면 좋아?)

멀건 국그릇에 젊은 배 한 척이 떠서
나를 업고 가려 한다

아저씨 빨리 타요, 빨리 타라니까요?

큰 고추 선장과 깍두기 졸들이
저 먼저 타고 가물가물 나를 을러댄다

그래, 그러자꾸나!

이미 내 하루살이 인생은 끝난 거나 다름없고,
미각이 비등한 너희들 혀를 보건대
여기보다 밥이 더 맛있는 나라가
분명 있을 터!!

# 마법의 봄

봄이 또 와서
나는 즐거운 마법에 취했네

마법의 골목엔
잰걸음 나비 한 마리가
걸어갔다 걸어오고,
마법의 환한 신기루 유리 집에는
유리 하늘 뜯어먹는 참새들이 시끄럽고
마법의 숲 계곡엔
눈빛의 깃털로 잠자는
흰곰 가족들이 빛났네

나는 참 즐거운 마법에 취했네,
내 마법의 세계에는 신이 살지 않듯
사람이 살지 않으므로
내가 찾은 신전엔
언제부터인가 사람들에게 붙들려
태초의 하늘로는 못 돌아가시는
수염 텁수룩한 장난감 신이

오래된 유물처럼 봄볕에
참형 당하고만 있었네

봄은 분명 마법의 제전祭典 이었고
봄 나무 가지들은 여전히 내 마술에 걸려 있고
나는 그 가련한 신을 태초의 그 장난감 가게로,
환상의 하늘로 되돌려 주었다네
어디서건 사람들은 내 마술에 걸려
즐거운 돌이나 나비나 곰 따위로
환생했으므로

이 제전에는 참으로 사람이 없었다네

# 돈냄새 봄냄새

땅에서는 흙냄새가 났으면 좋겠다
꽃에는 향기가 있으면 좋겠다
어서 오세요 문이 열리면
당신이 친절하니 좋다 정말 좋다
어둠 속의 길들은 포근하다
봄이 오는 길목들에서는 절로 눈물난다

그랬으면 좋겠다
그것 뿐이면 좋겠다

내 잘못인가
내 잘못인가
왠 냄새가, 왠 다른 냄새가
안 났으면 좋겠다

문득 들고 있는 것이
손가락 열개의 내 손 뿐이면 좋겠다
내려놓는 것이 그냥 그 손에 든 허풍虛風이면 좋겠다
내 잘못이 내 잘못이 아니었으면 좋겠다

제발 그 냄새가, 다른 그 지독한 냄새가
안 났으면 좋겠다

# 황금사과나무

노인의 나이 80살,

우리집 뒷 켠의 벽돌담에 기댄
그의 길다란 고무빗자루, 그리고
그 담을 넘어오는
그 집의 고요, 그 담을 넘어 와
우리집에 쌓이는 고요—

저 노인이 빨리 죽으면 얼마나 좋을꼬!

비워도, 비워도
우리집 뒷뜰 사과궤짝,
쓰레기통에 쌓이는
저 80살 짜리 고요

그리고, 음침한
저 노인의 운명,

80개의 황금사과가 달린

황금사과나무를

좀 더 일찍 보면 얼마나 좋을꼬!

# 시인이 아닌 시인

형님은 내가 시 쓰는 것을 모른다
누님은 더 모른다

시가 뭐꼬? 어머님은 더 모른다

그러므로 나는 시인이 아니다
아버지 제삿날 꼬치 산적 꿰는 어머니 곁에서
정말로 나는 이렇게 시인이 아닌 것이 너무 좋다
물론, 일찌감치 내가 시인인 것을 알고
〈너도 시인이냐?〉 조롱하는 친구들도 있지만,
얼마나 좋으냐!

아직도 내가 시인인 것을 모르는
세상의 저 자비로운 무지가, 어쩌면 무식이
시는 그 무지 속에 뿌리내리는 것이니
이렇게 시인이 아님으로 나는 시인일 수가 있으니

끝내 내 쉴 곳이 저 영험한 시가 아니니

# 가엾은 환자

― 자화상


심장이 약한 사내가
심장을 떼는 수술을 받습니다
심장을 떼면 어느새 또 심장이 살아납니다

후각이 예민한 사내가
코를 떼는 수술을 받습니다
코를 떼면 어느새 또 코가 살아납니다

환각이 눈물겨운 사내가
뇌를 떼는 수술을 받습니다
뇌를 떼면 어느새 또 뇌가 살아납니다

왜 그런지요?
왜 이 반란의 날들은 되살아날 뿐인지요?

몸속에 꽃을 심은 사내가 날마다
몸속의 꽃을 적출하는 수술을 받습니다
꽃이, 꽃이, 그 놈의 꽃 때문에 ……
꽃을 뽑아내면 어느새 또 꽃이 살아납니다

그는 매일 이 세상엔 없는 수술실로 가서
흔적 없는 수술을 받고 돌아옵니다

수술은 습관적이고, 병적이고
그는 늘 다시 죽기 위해 살아납니다

■ 시인의 꿈과 길

# 밤마다 내 뼈에 사무쳐 울던 내 영혼의 강물

## – 나의 시: 길디 긴 울혈鬱血의 날들에 부르는 노래

## I. 새 시집을 엮으며

"부끄러운 일이다./시를 연습했다기보다도, 나는 차라리 시
의 포기를 연습했었다./갸륵하게도 여기 종이 위에 구제된 시
들은 그런 포기의 기나긴 세월 그 상흔들이다."

이 글은 나의 첫 시집 『늙은 퇴폐』(민음사 1993)의 머리
글(:자서自序)에서 따온 것이다. 그렇다, 그 후로도 참 많은
포기와 회생의 날들이 명멸해갔다. 그러나 그때로부터 지
금까지, 내가 부른 노래, 내가 부른 혼자의 노래, 요컨대 시
가 무엇인가를 나는 아직도 모르고 있다. "노래는 무엇인
가? 노래는 무엇인가?/ 노래가 무엇인가를 알고 가는 가인
歌人이 되고 싶을 뿐"이었던 것을 …… 해답은 영원히 비밀
의(혹은 금기의) 문 뒤에 가려져 있고, 그 문이 어디에 있는
가도 나는 찾을 길이 없다. 어쩌면 이번 시집에 담지 못한
다음의 시 한 편(:「가련한 시인」)이 그런 내 고민(가련한 시
인의 고민)에 대한 우회적인 답이 될런지도 모른다. 마약
중독자들의 굳은 약속이 공약空約이듯이, 나도 모르게 시를
쓰고 있는 나를 볼 수 있었다. 나도 모르게 견딜 수 없는 갈

증으로 볼펜과 종이를 찾는 나를 발견할 수 있었다. 나는 내가 아니었다. 무슨 방법으로도 죽이려고 했던 내 몸의 악성종양들은 반란처럼 창궐해갔다. 어쩔 수 없었다. 결국은 대책 무無의, 공황의 상태에 이르게 되었다. 나는 그 공황상태의 부적응의 시가 되어 무리로부터 점점 더 멀어져 가고 있었다. 가련한 도플갱어의 운명! 혹 역전된다면, 위대한 성자의 운명! 그렇다면 이제 적어도 시에서만은 내가 아닌 그에게, 혹은 그 분에게, 나는 나를 맡기기로 했다.

이제는 어쩔 수 없다오
이제는 내가 시를 쓰는 것이 아니라
시가 나를 쓰고 있는 것을

어쩔 수 없다오
이 다음, 더 먼 훗날에 또
지금처럼 골목을 거닐거나
허전한 그 골목의 벤치에 앉거나
꽃밭 속에 들거나
해진 꽃 속의 당신 눈을 바라보거나
맛있는 식사를 하거나
강 건너 심술쟁이 구름을 좇아가다가
아아 불운하게도 내가 죽으면
이해해 다오,

그건 내가 죽는 것이 아니라

그 몹쓸 놈의 시가 죽는 것을,

시가 죽는 것을 ……

  이번 시집은 4부로 구성되어 있다. 제1부 '제 몸을 벗습
니다'는 대체로 근작 시들의 모음이다. 그러나 근작이라 해
도 발상에서 완성까지 적어도 2~3년이 소요된 것들이다.
미래를 장담할 수는 없지만, 이 시들에는 시나 삶에 대한
나 자신의 변화가 어렴풋이 스며들어 있을 것이다. "노래(=
시)는 무엇인가?" 나는 이제 그 불손한 질문마저 적당히 포
기하기로 했다. 애당초 질문할 수 없는 것에 대한 질문을
무모하게 계속했다는 사실을 늦게서야 깨달았기 때문이다.
벌써 나보다 오래 전에 총총한 밤하늘의 별을 좋아했던 어
떤 지혜로운 이가 말했다. "말할 수 없는 것에 대해서는 침
묵해야 한다"(L. Wittgenstein)

  *
  2, 3, 4부의 시들도 오랫동안 탁마된 것들이다. 여기에는
세 번째 시집 『지나가는 슬픔』(세계사, 2004)의 시들과 비
슷한 시기에 쓰인 것들도 적지 않다. 긴 창작 기간이 그러
한 겹침의 중요 원인이라 할 수 있다. 개별 시의 배열순서
도 그것의 출생시기와는 별 관련이 없다. 한 편의 시가 사
람에 비유될 수 있다면, 그의 생김새, 빛깔, 느낌, 정서, 사
고 등을 따져 나름의 판단에 따라 정돈했을 뿐이다. 물론
나이를 완전히 무시한 것은 아니다. 무엇보다 전체적인 밸

런스를 중시했다는 사실이, 선별의 기준이라면 기준이라 할 수 있다. 이 선별의 과정에도 적지 않은 시간이 소요되었다. 한 권의 시집은 그 자체로 여러 요소들이 균형을 이룬 한 편의 시일 수도 있는 것이다.

*

이 시집은 지금까지의 창작과정에 대한 결산의 성격이 짙다. 그 때문에 시의 스펙트럼이 다소 다양하게 비쳐질런지도 모른다. 이 시집에는 버려진 시들의 창고에서 건져 올려, 다시 다듬은 것들도 얼마간 있다. 오래 시를 매만지는 것이 내 습벽이기는 하지만, 이런 시들의 나이를 따지기는 더 힘들다. 「죽은 가을」(부제, '병든 추억에게')은 수없이 죽은 사람을 살려내어 만져보고, 또 만져보고 하는 일처럼 오래 걸렸다. 그러나 아직도 이 시는 완성되었다고 말하기 힘들다. 차라리 그대로 죽여버리고 싶은 것을 살렸다는 편이 옳다. 첫 시집에는 똑같거나 유사한 제목의 시 「죽은 가을」과 「싫은 가을날」도 있다. 이 시집의 시 「죽은 가을」에 '병든 추억에게' 라는 부제를 단 것은 특히 같은 제목의 두 시를 구별하기 위해서이다. 싫었지만, 표면상의 부정의 수사와는 반대로 유난히 가을과 봄을 나는 좋아했던 것 같다. 누가 '쓴포도의 원리' 라 그랬듯이, 좋아하는 것을 갖지 못했으므로 그만큼 싫었을 것이다. 제4부 '목련의 집' 에 포함된 17편의 시는 거의 대부분 봄과 관련된 것들이다. 나는 여름에 대해서는 너무 인색하다. 계절 중에 여름에 관한 시는 특히 적다.

111

좀더 잘 썼으면 좋겠지만, 그리고 좀더 잘 살았으면 좋겠지만, 여러 면에서 나는 나의 한계를 느낀다. 다만 언제까지고 나는 나에게 정직하고, 성실하고 싶을 뿐이다. 하나의 끝은 다른 하나의 시작임을 나는 또 믿는다. 잘 쓴다는 것은 무엇이며, 잘 산다는 것은 어떤 것일까? 무엇이든 던져 넣고 싶은 퀭한 허공을 향하여, '그립다' 부르면, '그립다' 혼자 돌아오는 메아리같이, 평생 혼자의 그리움에 나는 취해 살았다. 바야흐로 나를 살려준 그 그리움들에도 감사할 때인 것 같다! 당신 때문에 죽었을 수도 있지만, 못 견디게 그리운 당신이 아니라면, 내가 어떻게 이 가벼운 목숨을 지금껏 지상에 붙들어 두었겠는가!

## II. 꿈이 없는 빈 집과 밥의 시학*

꿈이 없는 빈 집에는
비스켓 하나라도 바스락거리면
너무 외롭다. 너무 황홀한 꿈이 비스켓 속에
타기 때문. 바스락거리는 비닐껍질을 까고
가는 철사 줄 같은 내 아이의 손이 발라내는 비스켓
어찌나 아득하게 소란한 그 소리를
우리의 귀는 잠결에서도 흘려버릴 수가 없다.
어쩌면 우리의 손이 더 우그러져 비스켓 공장을 만든다면
이 세상이 다 소란할 비스켓 공장을 만든다면

아내와 나는 이렇게 어지러운 외로움에
걸레조각 같은 적막으로 몸을 닦지 않아도 될 것이다.
장미꽃이 핀 집에 장미는 더욱 아름답고
우그러진 철삿줄은 우그러져서 더욱 아름다울 것이다.
그렇지만 오래 오래, 꿈이 없는 빈 집에는
비스켓 하나라도 바스락거리면
너무 황홀한 꿈이, 거기 불탄다.[1]

– 「꿈이 없는 빈 집」전문


누구나 가졌다고 하는 가난의 추억이 내겐 있다. 그러나
"누구에게 죄를 물어야 한단 말인가? 덕지덕지 가난이 땟
국물로 눌어붙어 벽의 휘황한 무늬를 이루던 시절, 가파른
숨을 몰아쉬면 그 땟국물이 쪼르르 코로, 온몸으로 스며들
던 시절"이 있었다. 살기 위해서 밥을 먹어야 했고, 밥을 먹
기 위해서 또 꿈을 꾸어야 했다. 맛있는 밥을 먹는 꿈– 밥
과 꿈은 '범벅이 된 밥알과 내 눈물방울' 처럼 떨어져 있지
않았다. 안 먹어도 되는 밥과 안 꾸어도 되는 꿈– 그걸 나

---

* 이 글은 『현대시학』(2007. 3월호), 신작 소시집, '시인의 시화' 가운데 '2.
밥의 시학'을 일부 수정. 보완한 것이다. 그리고 그보다 먼저 이 글의 원형
은 필자의 시화집, 『행복한 날들의 시읽기』(하늘연못, 2001)에 「꿈이 없는
빈 집」이라는 제목으로 발표되었다. 특히 초기 시들과 관련하여, 나 자신
의 중요한 시론 중의 하나일 수도 있을 것 같아 여기에 재수록 한다.
1) 1991년 데뷔작으로 『세계의 문학』 가을호에 첫 발표. 1993 시집 『늙은 퇴
폐』(민음사)에 실림.

는 자꾸 먹고, 자꾸 꾸고 …… 그러면 불쌍한 우리 아버지, 할아버지, 하나님 …… 구멍 난 하늘에 짖는 주린 개들, 둥근 밥그릇 달이 풀린 하수구, 생각하면 자라는 요술나무, 따먹으면 또 열리는 신기루의 열매들 …… 그것들도 범벅이 되어 있을 뿐, 서로 떨어져 있지 않았다, 한사코 붙어 있는 것만이 사는 길인 것처럼 ……

　뭐가 부러우냐? 밥만 먹어도 산다. 그렇지만 "아무도 세 끼 밥을 물질적으로 챙겨먹고는 살지 않는다." 밥 그 자체가 허망한 꿈 덩어리이기 때문이다. 모두가 서글프고/아름다운 '밥꿈'을 먹고 살거나, 아름답고/서글픈 '꿈밥'을 먹고 살 뿐인 것이다. 그만 짖어라 그래도 자꾸 짖는 방종한 개들, 배를 못 채운 가난은 내 혼몽昏懜 속에서 자꾸 살이 쪘고, "꿈이 없는 빈 집에는" 지독한 꿈이 살았다. 뭐가 부러우냐?


## Ⅲ. 제 몸을 벗습니다

　넌, 안 그러니?

　난 평생 혼자 산 것다[2]
　(…하략…)

─────
2) 새 시집 제2부의 시 「넌, 안 그러니?」의 첫 부분.

첫 시집에 대해서 염무웅 선생은 "밀폐된 자기분석의 시적 진실"이라 함축했다. 나는 나에 대한 그 분의 배려에 감사드리며, 그 말의 정당성을 어느 정도 믿는다. 그러나 한편으로 지나친 인격비평이라는 생각을 나름대로는 해왔다. 두 번째 시집에 대해서 이남호 선생은 남다른 호의와 함께 "늙은 낭만주의자의 우수"라는 그럴 듯한 감성의 문양紋樣을 새겼다. 그리고 세 번째 시집에 대해서 이경호 선생은 "소멸의 변주곡"이라는 연민에 찬, 남루한 악곡의 이름을 달았다.[3] 이 세 분의 논평적 수사들은 상당부분 그간의 내 시의 역사(혹은 변모과정)를 적절히 표의한다고 할 수 있다. 그러나 모진 삶이 나를 야멸차게 구기지 않았더라면, 근본적으로 나는 순정한 로맨티스트이다. 그런 면에서 두 번째 시집의 비평가인 이남호 선생이 나의 속내를 가장 잘 적시해 주었던 셈이다. 물론 첫 번째 시집과 두 번째 시집 사이, 논평의 대상이 되는 내 시의 변화가 크게 작용한 결과임을 간과할 수는 없을 것이다. 아무튼 나는 말 그대로의 낭만주의자이다. 그리고 내가 감당하거나 해소할 수 없는 그 모진 삶이, 나를 리얼리스트적인 불협화나 항변에로, 허무주의적인 울혈과 일탈의 소멸의식에로, 또한 불가해의 야릇한 모더니스트의 뒤틀린 문법에로 구인한 것 같다. 그러나 절

---

3) 세 분의 논평은 모두 시집의 끝, 발문으로 붙여진 것이다. 염무웅 선생은 나중에 이 논평을 자신의 평론집, 『혼돈의 시대에 구상하는 문학의 논리』 창작과비평사(1995)에 재수록 했다.

망적이고 애련한 소멸의 무늬를 거느리든, 냉소적 항변과 폐쇄의 불손한 수사로 물들든, 카프카적 모더니티의 기괴성으로 함몰되든, 근본적으로 그것들은 집요한 내 낭만성의 부속물들이거나 그에 대한 반작용들일 뿐이다. 짧으나 긴 인생의 격랑에 부대끼면서 마모되고, 부서지고, 끝내는 둥글어지면서, 이제 나는 나에 대해 좀더 확실하게 말할 수 있을 것 같다. 나는 태생적으로 거역할 수 없는 로맨티스트이다. 불행하게도 너무 일찍, 그리고 비극적으로, 그 눈부시게 아름다운 원형의 날개가 형편없이 구겨졌을 뿐이다. 보들레르의 자전적인 시 「알바트로스Albatros」가 가물가물한 대해大海의 돛대처럼 떠오른다. 보들레르는 짓구겨진 낭만주의자이다. 거의 원형을 회복할 수 없는 그 구겨짐이, 그 지상에로의 추락이, 다채색 정신병리학적인 내 시의 얼룩을 만들었다. 그러나 역설적으로 바로 그 구겨짐이 내 시가 전하는 가련한 감동의 원천일 수도 있다. 요컨대 몇 명의, 몇 명의 나 같은 불운한 독자가 다행스럽게도 그것을 감지할 수 있다면 말이다.

*

어쩔 수 없이 편승한 항해의 지루한 동반자처럼, 슬픈 「저녁 종」[4]이 울던 먼 나라로 갔다. 거기선 종이 울면 내가 울었다. 내가 울면 종이 울었다. 그 밖에는 없었다. 밤마다 내 뼈에 사무쳐 울던 내 영혼의 강물 …… 한 인생을 이어

---

4) 제2부의 시 제목

갈 듯, 거기선 종이 울면 내가 울었다. 내가 울면 종이 울었다. 그 뿐, 그에 대해 나는 더 이상 울먹이지 말아야겠다. 다만 이제 그 종소리를 놓고 싶다. 나는 사람이지 종이 아니다. 나는 사람이지 종을 치는 그 물 맴이 검은 강물도 아니다. 밤마다 내 뼈에 사무쳐 울던 내 영혼의 강물 …… 어떤 가냘픈 귀가 그 소리를 들었을까? 그것은 무주고혼無住孤魂, 심연의 내 존재의 울음, 구겨진 내 시의 비절한 공명空鳴이다. 마- 마아- 황혼의 풀밭(Wiese) 위를 유모차가 달그락거리고, 붉은 개양귀비꽃이 바람비탈에 하늘거리는, 아름다운 그 강가에서, 나는 그 영혼의 강물소리를 들었다. 그 많은 낮의 사람들을 차례로 돌려보내며, 지독히도 혼자가 되어간 외로운 강, "넌, 아니?" 가슴 속에 드리운 이 쪽 저 쪽의 그림자들과 더불어, 저물면 그 강은 소리를 죽이며 뉘엿뉘엿 깊어갔다. 그리고 끝내, 그대처럼 우뚝, 걸음을 멈춘 그 강물은 다앙- 내 안으로 흘러들었다. 다앙- 종이 울었다.

　　*

　시란 무엇인가? 시는 짧다. 구질구질한 변명의(혹은 달변의, 변설의 ……) 사람이 나는 싫다. 시에게는 짧아야 될 숙명이 있다. 길어도 짧아야 시가 될 수 있다. 누가 말했다, "질적인 짧음"이라고. 나는 아직도 내 시가 감동적인 입의 노래로 남겨지기를 원한다. 우리는 아직도 입으로 노래할 수 있다. 우리는 아직도 입으로 사랑을 부를 수 있다.

　그리고 또 시란 무엇인가? 어린 날 하나님은 구멍 속으로 굴러 떨어진 내 십 원짜리 동전 하나를 꺼내주시지 않았다. 그로부터 영원히 꺼내주시지 않았다. 그래서 눈부시게 별들의 밤하늘은 빛났다. 내 동전이 떨어진 구멍 속으로 퀭하니 트인 하늘– 내 불행과 더불어 자꾸 자꾸 커져만 간 하늘– 깊이도 넓이도 없는 무한의 우주구멍– 아아 누가 닦아 놓았는가! 거기 내 동전은 반짝반짝 별이 되어 떠 있었다. 우주구멍 속에 반짝이는 진기한 별, 그렇다, 내 시는 그 황홀한 신기루의 물질이다. 보르헤스라는 이국의 시인을 조금 안다. 그는 나보다 먼저 위대한 가짜의 세계를 한껏 즐겼다. 그는 내 우주구멍 속에다 이런 시구를 은하銀河처럼 뿌렸다. "밤중의 밤이라 불리는 이슬람의 어느 날 밤에는/천국의 비밀의 문이 활짝 열리고/항아리에 담겨 있는 물의 맛이 달콤해진다."(호르헤 루이스 보르헤스, 『픽션들』, 민음사, 1994). 나는 이 물을 마시고 싶다. 시는 이 항아리의 물이다. 밤중의 밤에는 이 물을 마실 수 있다. 아아, 그 달콤한 밤이 그리운 갈증의 시인들이여, 그때 내 손에서는 쥐고 있던 시의 펜이 절로 툭– 떨어져 우주의 미아가 되어 사라질 것이다.[5] 이목구비耳目口鼻의 내 몸도 그 펜과 함께 사라질 것이다. 내 몸은 한 자루 검은 먹물을 찍어내던 가여운 펜이었을 것이다.

---

5) 비슷한 취지의 글을 앞의 책(『현대시학』, 2007. 3) 같은 지면('시인의 시화')에서 「우주구멍 속에 쓰여 진 시」라는 제목으로 발표한 바 있다.

1956년 경상북도 청도군 매전면 하평동 1192번지에서 태어
났다. 나는 원래 음력으로는 양띠이다. 어머니 말씀
으로는 음력 섣달 초사흗날 새벽 동틀 무렵에 태어
났다고 한다. 우리집은 마을 뒤쪽 산기슭의 넓은 터
에 자리잡고 있다. 나의 고등학교 시절에야 겨우 전
기불이 들어온 두메산골, 언제나 밤이면 귀신이 나
올 법했으나, 전망이 좋은 집이었다. 나는 어린 시
절 캄캄한 밤길을 동네 아이들과, 송진이 뼈같이 굳
은 소나무 뿌리를 잘게 쪼개서 만든, 관솔불을 들고
다녔다.

내가 태어나자마자 할머니는 나를 우리 동네에 함
께 사는 속승(여승/ 돌중?)의 상좌로 적을 올렸다.
시님– 시님– 하고 나는 그 까까머리 땡중을 불렀
다. 어린 날 그 스님을 진짜 스님이라고 생각해 본
적은 한 번도 없었다.

고향집에는 감나무가 많다. 집을 둘러싸고 있던 크
고 작은 감나무들, 헛간채 정낭(변소) 앞의 개살구
나무, 우물가의 앵두나무, 사랑채 뒤쪽 울타리에 흐
드러지게 피었던 장미는 특히 내 가난의 혈족들과
더불어 영원한 나의 식구들이다. 집 아래 골짜기에
서 나는 맨손으로 가재를 잡고 놀았다.

1957~ 1962년 아버지는 내게 국민학교(초등학교)에 입학
하기 전에 한글과 영어 알파벳을 가르쳤다. 대여섯
살 무렵 아버지가 시험 삼아 외워보라고 건넨 긴 문

장의 「000 헌장惠章」을 나는 쉽게 달달 외웠다. 그리고 그것을 대문 옆 감나무 가지 위에 올라 앉아, 동네 어른들이 지나갈 때마다 목청껏 읊었다. 지나가는 사람들의 찬사가 나를 자꾸 그 감나무 가지 위로 올라가게 했던 것이다.

초등학교에 입학하기 두 해쯤 전(1961?), 나는 우리집 뒤뜰 장독대 뒤에서 사과나무를 낳았다. 사과 씨는 하늘의 도움으로 배설한 내 똥 속에서 튀쳐나와 흙과 섞였던 것 같다. 그 씨에서 발아한 싹이 3년쯤 튼실한 나무로 자랐을 때, 아버지는 그것을 담장너머 뒷밭으로 옮겨 심었다. 그리고 그 나무의 두 굵은 가지에다 서로 다른 품종의 접을 붙였다. 한 가지에는 홍옥을, 다른 가지에는 국광을. 그 나무는 나와 함께 잘 자랐다. 그러나 그 나무의 비운의 역사는 불행한 나의 역사와 닮았다. 내 시화집, 『행복한 날들의 시 읽기』(하늘연못, 2001) 제1장 '사과나무를 낳은 아이'에는 그에 대한 좀더 자세한 내용이 적혀 있다. 대학시절, 학교신문에 나는 같은 제목의 산문을 발표하기도 했다. 나는 진짜 사람으로서 사과나무를 낳았다.

유년시절 같이 놀던 내 또래 동네 조무래기 친구들의 이름은 이렇다. 돌이(승근이), 수동이, 희도, 빈태(현동이), 정이(승정이), 영해(나와 같은 나이의 8촌 형님), 그리고 계집애로는 윤선이, 뿌똘이(영희), 해

숙이다. 애들은 특히 초등학교를 같이 입학한 동기
생들이다. 이들 말고도 위아래의 비슷한 또래의 남
자, 여자 애들과 우리는 무리를 지어 자주 놀았다.
그 소꿉친구 시절, 영문 모르게 지게 우에 거적대기
덥혀 애장구덩이 돌무덤으로 가던 애를 나는 봤다.
그 돌무덤의 나무들은 유난히 푸르렀다.

1963~ 1969년 1963년에 초등학교(관하국민학교)에 입학
했다. 우리식 나이로는 9살 때였다. 학교는 우리 마
을에서 십리 길이었다. 내 기억에, 6년 동안 버스를
타고 학교를 가거나 돌아온 적은 몽땅 합해도 열 번
이 안 되는 것 같다. 비가 오나 눈이 오나 걸어 다녔
다. 나는 입학하기 전부터, 그리고 입학 후에도 재
능을 인정받고, 공부를 잘 하는 학생이었다. 한 학
년에 3학급짜리 시골 초등학교 6년 동안, 나에 대한
선생님들의 배려는 남달랐다. 나는 그 6년간의 담임
선생님들의 이름을 모두 기억하고 있다.

초등학교 1학년 때, 나는 나보다 세살 위인 상급반
의 형님의 책을 물려받아 공부했다. 그 책 중에는
일부가 찢겨져 나가거나 훼손된 것이 있었다. 아버
지는 동네의 다른 애의 새책을 빌려서, 그런 결손
부분들을 붓으로 필사했다. 그 필사에는 원본의 그
림과 글씨가 모두 포함되었다. 나는 교실에서 시커
먼 먹으로 베껴진 그 필사본을 펼쳐놓고 공부하기
가 너무 싫었다. 아버지는 시골에서 기예에 능한 사

람으로 알려져 있었다. 서예는 특히 잘했다. 멀고 가까운 마을들에서 누군가 새집을 지으면, 그 집의 상량문上梁文은 아버지가 맡아서 쓰는 경우가 많았다.

초등학교 2학년 2학기 때부터 시작해서, 3학년 1년간을 담임하신 분은 소동수 선생님이시다. 그 분은 학생들보다 일찍 출근했다. 학생들이 오기 전에 교실에 앉아서 본인이 직접 작사 작곡한 노래를 부르시면서, 풍금을 치셨다. 우리는 교실에 들어가면서 그 노래를 따라 불렀다. 가사는 이렇게 시작된다. "오고 가는 학교 길에 정다운 인사, 싱글벙글 웃음 꽃 피어나고요……" 그 분은 가난한 나를 학교아래 장터로 데려가서 검정고무신 한 켤레를 사 주셨다. 한동안 잘 사는 목재소집 여자애가 도시락을 매일 두 개 사와서 나는 그 중의 하나를 얻어먹었다. 선생님의 배려가 컸다. 그러나 나는 부끄러워서 도저히 그 일을 계속할 수 없었다. 점심때면 자리를 피했다. 급장(반장)이었던 나는 더 싫었다. 모든 학생들에게 초등학교 저학년 때는 우유가루가, 그 다음에는 강냉이 죽과 떡이 배급되었다. 그 무렵 교내 글짓기 대회에서 나는 최우수상을 탔다. 일종의 산문시였다. 그리고 내 글은 교무실 앞 큰 액자에 걸렸다. 그 선생님 덕분에 나는 일기를 그때부터 대학 3학년 때까지 거의 매일 꾸준히 썼다. 우리 반 모든 애들이 그 선생님을 잊지 못한다. 선생님은 우리를 맡은 것을 끝으로, 교직을 그만두고 신학대학에 입학했다. 아마도 그 후로 목사가 되었을 것이다. 학교를 떠난 뒤에도 얼마 동안은 우리 앞으로 『어깨동무』 같은 소년 잡지와 편지를 보내주셨다.

초등학교 3학년 후반쯤부터 정상적인 생활이 불가능한 아버지는 더 이상 나의 충실한 안내자가 못되었다. 그리고 그 아버지의 병은 우리 집을 아버지처럼 거의 회복 불능의 파산상태로 만들었다. 어머니는 친정인 외갓집과 시댁인 우리집을 자주 왔다 갔다 했다. 가난도 가난이지만, 어린 마음에 일찍 찾아온 비극을 이기지 못해, 나는 학업을 계속하기도 힘들었다. 오직 담임선생님과 다른 선생님들, 그리고 멀고 가까운 이웃들이 나의 공부가 계속되기를 열렬히 성원했다. 그리하여 가까스로 빈털털이 가난뱅이 학생은 장학제도가 있는 도시의 중학교에, 담임의 추천을 받아 학비를 모두 면제받는 성적장학생으로 입학하게 되었다. 물론 입학시험에서 나는 전체 수석을 했다. 당시에 작은 아버지는 결혼 직후 일찍 대구로 이사해서 방 한 칸을 세들어 살고 계셨다. 가난은 그 분에게도 영원히 해결되지 않을 것 같았다.

1969~ 1972년 1969년에 대구 능인중학교에 입학했다. 불교재단의 학교였고, 역시 선생님들은 예외없이 물심양면으로 나의 후견인이 되어주셨다. 불교는 이

123

미 오래 전부터 내 몸 속에 들어 있었다. 1학년 때까지는 방 1칸의 작은아버지 댁에서 같이 기거했다. 그 때 작은집 식구는 사촌동생 둘을 포함해서 넷이었다. 2학년 봄부터 집터를 제외한 고향의 재산 거의 전부(논 6마지기와 몇 뙈기 밭)를 팔아, 그 돈으로 대구에서 방 2개를 세 얻어 살게 되었다. 칸칸이 방이 늘어선 그 셋집 건물은 예전에 공장의 기숙사였다. 이사 후 어머니는 솜 공장에 다니셨고, 아버지는 거의 식물인간으로 정신적 불구의 나날을 힘겹게 버텼다. 나는 아버지와 둘이서 같은 방을 썼다. 숨구멍 같은 그 방의 조그만 여닫이 창문 틈으로 들려오는 벽 건너 베틀공장의 베틀소리가 밤낮으로 내 귀를 찢었다. 독서에 몰두했을 때, 나는 그 소리를 듣지 못했다. 선정삼매禪定三昧란 무엇인가? 그 인생의 고행기苦行期 때문에 나는 조금 안다.

중학교 때 내 별명은 '놈촌'이다. 2학년 때 책상을 같이 쓴 친한 친구가 나를 놀리느라, '촌놈'을 거꾸로 해서 그렇게 부르자, 삽시에 이 별명은 널리 퍼졌다. 심지어 국어 선생님도 나를 자주 그렇게 불렀다. 나는 내가 크면 출세해서 근사한 내 집을 짓고, 대문에다 '놈촌'이라는 별명이 새겨진 문패를 달기로 마음먹었다. 실제로 나는 사각의 나무판을 다듬어서 거기에다 이름 석자 아래쪽에 '놈촌'이라는 별명을 새긴 문패를 만들었다. 그리고 서투른 그 문패를 결혼 전까지는 잘 보관했던 것으로 기억된다. 그때 같이 앉았던 그 친구 역시 수업시간에 나와 더불어 장난이 심했으며, 자주 선생님 앞으로 불려나갔다. 아버지가 회사를 경영하던 그 친구 집은 부유했다. 가끔 그는 도시락까지 하나 더 싸와서, 나보고 먹으라고 펼쳐 놓기도 했다. 그 재미있는 친구와 나는 미래에 서로 아낌없이 협력하는 인생의 동반자가 되기로 맹약했다. 우리는 수업시간에 노트를 찢어 우정의 계약서를 쓰고, 서로의 손도장을 그 아래에 낙인한 다음, 한 장씩 나누어 가졌다. 이 계약서 역시 오래 보관했다. 어쩌면 잃어버린 것이 아니라, 어디 내가 모르는 곳에 꼭꼭 숨겨져 있어, 아직 찾아내지 못하고 있는 지도 모르겠다.

2학년 때 담임 김기환 선생님은 자주 나를 선생님 댁으로 불렀다. 그 분의 아들과 나는 동기생이다. 우리 집에는 없는 음식과 여유를 선생님의 집에서는 즐길 수 있었다. 사모님도 좋은 분이셨다. 엄격했으나, 가난하고 재주 있는 학생들에 대한 배려가 남다른 선생님이었다. 나처럼 시골 출신으로 장학생이었던 소술이라는 친구는, 그 분이 담임한 이후부터 중학 재학기간 내내, 그 선생님의 집 방 한 칸에 살며 무료로 숙식을 같이 했다.

중학교 3학년 담임선생님이 가정 방문을 하셨을 때, 나는 도망가버렸다. 뭣 때문에 이 몰락한 폐족廢族의

치부를 보려하시는가! 홀로 남아 계셨던 할머니가 선생님에게 냉수 한 그릇을 대접했다고 날이 캄캄해져서야 집으로 돌아온 내게 말했다. 그 담임선생님은 자기 제자였으며, 그 당시에 은행에 취직해 있던 어떤 누나를 나에게 소개해 주었다. 첫 만남에서 그 누님은 자신의 직장 앞 장터의 허름한 식당에서 나에게 국밥 한 그릇을 사 주었다. 그리고 그 자리에서 내가 마음에 두고 있는 고등학교에 합격했을 때, 교복은 물론, 3년간의 학비를 모두 대어주겠노라고 언약했다. 그녀는 나의 의누이가 되겠다고 했다. 한쪽 눈이 약간 찌부덩했던 참으로 선량한 의인義人, 애석하게도 나는 간절한 나의 소원이자, 그 분의 소원이기도 했던 슬프고도 아름다운 꿈을 이루지 못했다. 내가 몹쓸 역병에 걸리지 않았더라면, 별 어렵지도 않았을 일인 것을 …… 그 후로 나는 면목이 없어, 자존심이 너무 상해서, 다시는 그분을 만나지 않았다. 지금도 보고 싶다.

중학 3학년 봄쯤, 집은 다시 이사했다. 그때도 방 2칸의 셋집이었다. 그 여름방학에 나는 우리 셋방과 붙은 방에 세들어 사는 분의 딸을 자연스럽게 알게 되었다. 그 딸은 나보다 한 학년 위인 고등학교 1년생이었다. 나의 풋사랑의 기억은 순전히 그녀가 만들어 준 것이다. 그녀의 학교는 대구에서 멀리 떨어진 바닷가에 있었다. 방학 때 혼자 사는 자기 아버지의 밥을 지어드리기 위해 찾아온 것이었다. 난 참 순진했다. 노랑편지와 분홍편지는 그녀가 보낸 것이었다.

3학년 초겨울(11월초쯤)에 나는 장티푸스에 걸렸다. 심한 독감증세에 학교에서 조퇴하고 집으로 돌아와, 댓돌 위의 마루를 밟는 순간, 정신을 잃고 굴러 떨어졌다. 깨어났을 때, 내 입언저리에는 모래가 가득 붙어 있었다. 나는 일주일쯤 입원했다. 퇴원 후에도 여러 차례 사선死線을 넘나드는 심한 열병에 시달렸다. 조금씩 회복되었지만, 고등학교 입시 때까지 병의 후유증은 계속되었다. 바득바득 노력했으나, 나는 내가 꿈꾸던 학교의 입학시험에 낙방했다. 기대했던, 혹은 확신했던 모든 사람들에게 나는 죄인이었다. 가족에게는 가장 큰 죄인, 선생님들에게는 그 다음 죄인, 교복을 사주고 등록금을 대주기로 했던 의누님에게는 또 뭐라고 해야 할까? 불합격 통지를 받은 날로부터 나는 두문불출했다. 작은 아버지가 나를 강제로 끌고 가서 시내의 음식점 식탁 앞에 앉혔다. 역시 가난했지만, 평생 아버지를 대신했던 고마우신 분 …… 나는 수저를 들고 시늉만 했을 뿐, 밥을 거의 먹지 않았다. 세상이 싫었다. 이 세상에 태어난 이유가 내겐 전혀 해명되지 않았다.

**1972~ 1975년** 1972년에 나는 대구고등학교에 입학했다. 나는 내가 이상했다. 나는 거의 친구가 없는 내성적인 학생으로 점점 더 빠르게 변질되어 갔다. 내겐 남

127

몰래 흘리는 한숨과 막막한 들판(특히 대구의 수성
들)과 마주치기 싫은 내 집과 초등학교 때부터 쓰던
일기가 전부였다. 바보같이, 왜 그랬을까? 그래도
나는 병적으로, 싫은 공부를 잘 하는 학생이었다. 1
학년 때 해질녘, 학교 도서관에서 빌려 읽은 청담스
님의 책 『한 개의 돌이로다!』는 내게 고통의 사바세
계를 떠나고 싶은 강렬한 충동을 불러일으켰다. 내
집이 어딥니까? 내겐 있어도 없는 아버지와 어머니
가 있는데 ……

1973년 이른 봄에 아버지가 돌아가셨다. 나는 이 세상에서
가장 가련한 내 어머니의 뜻을 받들어, 아버지의 켜
켜이 쌓인 퇴색한 일기장들과 메모 쪽지들, 그리고
그의 냄새나는 육신을 남김없이 불태웠다. 그리고
그 다비의 육신을 강물에 뿌렸다. 형님은 군에 계셨
다. 아버지의 메모들은 정식의 노트보다는 비료포
대 조각, 건빵봉지, 찢은 담배곽, 문종이(창호지)
…… 같은 것들에 쓰여 있었다. 그 필사의 재료 는
대부분 몇 걸음 안 되는 방랑의 길거리에서 주운 것
들이었다. 다시는 기워 입을 수도 없는 누더기 같은
아버지가 나는 싫었다. 아버지는 나의 업이며, 나의
죄이며, 운명이며, 불명예이며, 눈물이며, 병이며,
난해의 시이다. 시 「하나님」, 「아버지 하느님」, 「죽
은 가을」 등에서 만나는 죽음은 그 누구보다도 아버
지의 것이다. 나는 아버지의 이야기를 하기 싫다.

그리고 한 적도 없다. 아버지 개인이나, 나를 포함한 아버지 일족의 가족사 보다는 차라리 고향집 쥐구멍 속에서 떠 있던 별 이야기를 하고 싶다. 그러나 언젠가 그 싫은 이야기를 할 때가 올런지 모른다. 태워버린 아버지의 비밀의 일기들을 뒤지듯
......

오정국이라는 친구는 거의 유일하게 속을 터놓고 이야기할 수 있는 내 고등학교 교우였다. 지지리도 못난 가정적 배경이 그와 나를 동병상련의 친밀성으로 이끌었던 것 같다. 그는 씩씩하고, 입담이 좋았으며, 고교시절에 이미 학원문학상 장원을 했고, 신라문화제에도 입선을 했던 것으로 기억된다. 그는 일찍 공부보다 문학의 길을 택했지만, 대학졸업 후 먹고 사는 일 때문에 재능을 꽤나 허비했던 것 같다. 그러나 그도 역시 지금은 옛날의 유명세에는 못 미치지만, 알만한 사람은 알 듯한 우리 문단의 기대주이다. 당시에 나는 문학적으로는 무명이었지만, 시내의 남녀학교 4개가 결성한 연합서클인 〈흙발〉 문학 동인에 가입해서 한 1년쯤 활동했다. 그 때의 문집은 지금도 보관하고 있다.

3학년 여름방학 한 달 동안, 나는 숙모님(작은아버지의 아내)의 안내로 숙모님 친정마을에서 가까운 어떤 절에 가서 지냈다. 주지도 없는 절집의 사람으로는 40대의 난장이와 체머리를 흔드는 칠순의 그

129

의 어머니, 그리고 나, 셋이었다. 거의 하루도 빠짐 없이 최형이라는 서울대학 중퇴자가 검은 염소를 절의 앞산에 풀어놓고, 절의 툇마루나 절 근처의 숲과 계곡에서 나와 이야기를 나누었다. 병든 형이 너무 고마웠다. 그는 절의 아랫마을 출신으로 이미 약혼했고, 절 아래 호숫가 외딴집에 혼자 살며, 폐결핵 3기였다. 그때 나는 그의 병의 전염성이 전혀 두렵지 않았다. 이 산의 이야기도 하자면 길다. 부처님과 나는 그때 가장 정들었다.

1975~ 1979년 1975년에 경북대학교 사범대학 독어교육과에 입학했다. 무엇보다 빨리 취직해서 돈을 벌기 위해서였다. 대학 4년 동안 학과공부에 대한 기억은 거의 없다. 문학 서클 〈복현문우회〉에 적을 두고, 늘 만나는 동지들과 문학의 속보다는 주변을 빈둥거린 기억들이 그나마 살아 있다. 그래도 진지했다. 대학 문집과 학보에 나는 적지 않은 시와 산문을 발표했다. 대부분 세든 방 한 칸으로 축소된 우리집은 떠나서 살았다. 내가 떠나면, 가족들이 숨쉴 공간이 조금은 더 넓어지니까. 늦게 태어난 여동생을 포함한 여동생 둘과 어머니, 그리고 나중에는 제대 후의 형님이 함께했던 그 셋집 …… 나는 주로 중고생 아이들을 그들의 집에서 먹고 자면서 가르치는 입주 아르바이트를 했다. 생활비도 그 아르바이트에서 벌었다. 사범대학이라 학비는 거의 없었다. 그런 입주가

불가능하면, 어쩔 수 없이 한 칸 방의 어머니 집으로 귀환했다. 그럴 때는 방문해서 가르치는 시간제 아르바이트를 했다.

1976년 입주 아르바이트에서 가르친 학생이 대학에 입학한 덕분으로, 그의 아버지로부터 양복 한 벌을 선사받았다. 나는 대구의 서문시장 포목점에서 양복감으로 초록색 천을 선택했다. 독일 낭만주의 시인, 노발리스(본명 Friedrich von Hardenberg) 의 「푸른 꽃」에 대한 매력이 나를 그 초록색의 옷감에로 손을 뻗게 한 것이었다. 나는 우리집 근처의 양복점에서 초록색 양복을 맞춰 입고, 간혹 발에는 흰 고무신을 신고, 머리에는 밀짚모자를 눌러쓰고 한껏 폼을 쟀다. 말 그대로, 겉멋으로 자신의 썩은 속을 가리는 가련한 당디즘의 데카당스 시인 티를 냈다.

1977년 가을, 대학신문(학보)에 「들국화」라는 시를 발표했다. 서울의 어떤 또래의 여자로부터 처음 넉 줄의 편지가 왔다. 나는 그 여자와 여러 차례 편지를, 사실은 진지한 시적인 편지를 주고받았다. 나중에 가본 그 애의 방에는 내 시 「들국화」가 고스란히 타이핑되어 자신의 책상 앞 벽면에 걸려 있었다. 감동적이었다. 그처럼 감동적인 독자를 나는 만난 적이 없다. 그 애는 언제까지나 시인으로서 이름이 없어서 좋은 시인이다. 그녀를 위해서라면, 나는 무명시인 예찬론을 쓰겠다. 이번 시집에서 그 애와의 사건이

배경이 되어 쓰여진 시가 제3부의 「싸구려 시집 이
야기」이다. 노랗게 은행잎이 떨어진 경복궁의 가을
과, 인사동의 화방과, 오징어 두 마리와 몇 잔의 맥
주, 그리고 덕수궁의 돌담길과, 그녀가 눌러댔던 사
진기를 나는 한 편의 영화처럼 기억한다. 그때 나는
앞서 말한 그 당디의 초록색 양복을 입었다. 처음
만날때 그것 때문에 그녀는 나를 쉽게 알아볼 수 있
었다.

1978년 12월에 '1979년 신춘문예(서울신문)'에 투고했다.
당연한 낙방일 것 같아서 나는 신년 벽두에 발간되
는 신문을 보지도 않았다. 그리고 그해 2월에 있을
졸업식의 참석에도 미련을 두지 않은 채, 소집된 영
장의 날짜대로 1979.1.9 대구 50사단을 통해 입대
했다. 제대 후 우연히 서점에 들렀다가, 〈전후신춘
문예당선시집〉(실천문학사, 1982)을 발견하게 되었
다. 거기에는 구상/김우창 두 분의 심사평이 실려
있었다. 나는 본선에 최종적으로 남은 두 사람 중의
한 사람이었다. 그때 끝까지 경합을 벌이며 당선작
으로 고려되었던 내 시의 제목이 「하나님」이다. 이
시는 나의 첫 시집 『늙은 퇴폐』(민음사, 1993)의 두
번째 작품으로 수록되어 있다. 「바보 序詩」를 제
외하면 첫 번째이다.

(대학 졸업 이후의 연보는 인색하게 줄인다. 전부는
아니더라도, 소위 현실이라는, 먹거리와 돈과 이해

132

타산으로 굳어진 딱딱한 정형의 물질과의 불화에
대해 나는 길게 기술하고 싶지 않다. 한 마디로 재
미없다.)

1979년 1월 9일 육군으로 입대하고, 1981년 4월 10일 제대
했다. 여러 일화가 있는 군대에서 나는 체질적인 부
적응상태를 일으킨 지독한 고문관이었다. 그 후 고
등학교 교사로서 경북 상주와 대구에서 14개월 정
도 근무했다.

1981년 10월 10일 결혼하고, 이듬해 첫째 아들 동엽을, 그
다음해 둘째 아들 동제를 얻었다. 나는 조물주께서
선사하신 이 두 아들놈을 신기한 장난감처럼 좋아
했다.

1982~ 1989년 경북대학교 대학원에서 수학하고, 문학박사
학위를 취득했다. 외도와 번민의 시간이 길었지만,
무사히 학업을 마칠 수 있었다. 아내의 희생이 컸
다. 가까이 하기엔 너무 멀고 지루한 독일과 독일어
책들, 특히 은사 임종국 교수님께 감사드린다.

1989년 3월 순천향대학교 인문대학 독어독문학과 교수로
임용되었다. 그 후 지금까지 같은 대학에 몸담고 있
다. 학문적으로만이 아니라, 학생들에게 인격적으
로 격외格外의 스승이셨던, 지금은 정년하신 이 학과
의 이완일 교수님을 잊지 못한다. 뺀질뺀질한 모사
꾼들의 시대에, 그는 참으로 본이 되는 선인善人이
며, 선인仙人이다.

1991년 계간 문예지 『세계의 문학』 가을호에 「꿈이 없는 빈 집에는」 외 4편의 시를 발표하면서 문단에 등단했다. 그 후 여러 월, 계간 문예지를 통해 시를 발표해 왔다. 그러나 크고 작은 문단 단체에 한 번도 공식적으로 적을 둔 적이 없다. 행사에 참여한 적도 거의 없다. 문단에 지인知人들의 수가 적은 가장 큰 이유는 나의 이 치벽의 독거성獨居性이다.

1992년 10월 독일 시인 고트프리트 벤의 시집 「정력학의 시 Die Statischen Gedichte」를 번역해서, 『혼자 있는 사람은』(청하)이라는 제목으로 출간했다. 그때 장석주 시인이 출판사를 경영하고 있었다.

1993년 2월 번역한 시 이론서 『현대시의 변증법』(지식산업사)을 출간했다.

1993년 3월 첫 시집 『늙은 퇴폐』(민음사)를 출간했다. 이 시집에 대한 반향은 꽤 컸다. 특히 월간 『현대시』(한국문연) 7월호에 '화제의 시집'으로 소개되었다.

1995년 5월 두 번째 시집 『참 이상한 상형문자』(민음사)를 출간했다. 두 번째 시집 출간 이후 거의 10년 가까운 기간 동안 시작활동의 침체기를 맞이하게 되었다. 새로운 문학 안팎의 소외와 더불어, 여러 면에서 나는 나 자신의 한계를 느끼게 되었다. 그러나 그런 가운데서도 비교적 간단없이 시를 쓰고, 발표하였다. 되풀이되는 일상과 권태의 나날 …… 특히 나를 때릴 문학적 충격요법이 부족했던 것 같다.

1998년 학술진흥재단 지원 독일 하이델베르크대학 연구교
    수로 파견되었다. 소정의 기간을 다 채우지도 못했
    지만, 나는 이때 적지 않은 시와 잡문을 썼다. 혼자
    지내는 동안, 울혈鬱血의 깊이는 더해갔다. 그때 나
    와 교우했던 가난한 남녀 유학생 친구들에게, 정신
    적으로, 물질적으로 내 결핍을 메꿔 주었던 한글학
    교 교장 강여규 선생님과 이종희씨께 특히 감사드
    린다. 남모르는 나만의 네카강과 '비트 버거Bitter
    Burger' 맥주에게는 한량없는 내 고뇌의 깊이로 감사
    드린다. 연작시 '하이델베르크와 네카강가의 날들'
    의 시들은 이 때에 얻어진 것이다. 네카강은 이제
    내 가슴 속을 흐르는 원형의 강이 된 것 같다.
2001년 9월 자전성이 강한 시화집詩話集『행복한 날들의 시
    읽기』(하늘연못)를 출간했다.
2003년 8월 『작가세계』(세계사) 가을호 '시인산책' 란에 평
    론가 이경호의 해설과 더불어, 「지나가는 슬픔 5」
    외 6편의 시를 발표하였다.
2004년 4월 세 번째 시집 『지나가는 슬픔』(세계사)을 출간
    했다. 오랜 침체기 이후에 묶어낸 시집이라 이 시
    집의 의미는 더욱 각별하다고 할 수 있다.
2007년 3월 『현대시학』(현대시학사) 3월호, '신작소시집'
    란에 「지상의 집」 외 9편의 시를 발표하였다.
2008년 7월 현재 순천향대학교 인문대학 미디어콘텐츠전
    공 교수로 재직하고 있다.